밥 한술, 온기 한술

밥 한술, 온기 한술

당신의 춥고 허기진 속을 채워 줄 수 있음에 감사합니다

원경 지음

담앤북스

인생이란!

살며 노래하며
살며 사랑하며
두 악기의 협연처럼
그렇게 살아가는 것

사람들은 저마다 지고 가야 할 삶의 무게가 있기 마련이다.

그럼에도 우리는 종종, 혹은 지속적으로 주변을 돌아보며 어려움 속에서나마 사랑과 연민을 나누며 살아야 한다.

그렇게 '살며 사랑하며' 내면의 덕성을 간직한 채 살아가지 않을 수 없다.

그런 마음을 대변하는 상징 같은 곳이 원각사 노인 무료급식소(사회복지 원각)가 아닐까 싶다.

『밥 한술, 온기 한술』은 지금 우리의 삶 속에서 언제나 사랑이 함께 할 수 있기를 염원하는 마음에서 쓴 책이다.

내면의 허기를 느끼는 많은 이들에게, 온기 가득한 밥상을 대접하는 마음으로 이 책을 썼다.

이 책이 누군가의 빈 속을 든든히 채워 주는 따뜻하고 푸짐한 한 상이 된다면 더 바랄 것이 없다.

차례

2.
심곡 — 일지

3.
울리지 않는 종은 — 종이 아니다

일러두기

• 저자 고유의 글맛을 살리기 위해 일부 표기 및 맞춤법은
저자의 표현을 따랐습니다.

• 이 책의 수익금 일부는 '원각사 노인 무료급식소(사회복지 원각)'에 기부됩니다.

1.

"따뜻할 때 —— 어서 드세요" 라는 말

일은 얼마나 아름다운 일인가!

한 수저씩 덜어 내어 한 사람의 밥을 만들어 내는

그 기쁨을 조금씩 나누는 십시일반十匙一飯, 열 사람이

나와 내 가족이 잘 먹고 잘 사는 일도 행복이지만,

"따뜻할 때 어서 드세요"라는 말

우려가 현실이 되었다. 코로나로 어려운 상황에서도 이런저런 방법을 찾아 최대한 무료급식소를 운영해 왔는데 이번에는 그마저도 못할 상황이 되었다. 나날이 확진자 수가 크게 증가하면서 더 엄격하게 방역지침을 지켜야 하다 보니 어쩔 도리가 없다. 한 끼나마 허기를 달래고자 급식소를 찾던 어르신들의 얼굴이 떠올라서 가슴이 막막해졌다. 이러한 와중에 다행히 특별 후원을 해 주겠다는 분이 나타났다. 어찌나 반갑던지 얼굴에 절로 미소가 번졌다. 이 모든 것이 원각사 무료급식소의 무탈한 운영을 위해 늘 기도해 주던 이들의 은공恩功 덕분이리라.

특별 후원자 덕에 인근 가게를 찾아 급하게 도시락 50개를 맞췄다. 오늘은 이 도시락을 찾아오는 어르신들에게 대접하는 게 아니라, 인근에 머물고 있는 노숙자들을 직접 찾아 나서는 '무주문 배달'을 할 예정이다. 단순히 독거노인이나 집안에서 소외되어 배회하는 어르신들이 아닌, 집도 절도 없이 추운 날 거리에서 떠도는 분들이 그 대상이다.

요즘처럼 매서운 추위에 밤새 떨다 날이 밝기만을 기다리는 분들에게는 배고픔보다 추위가 먼저일 수 있지만 도시락의 작은 온기라도 전하면 그것으로나마 위안이 될까 싶어서였다. 어제오늘이 올겨울 들어 가장 추운 날이라 도시락을 전달하러 찾아 나서는 내내 마음이 불안했다. 부디 별일 없이 이번 겨울을 넘기시기를….

삼십 대 초반에 미국 LA에 있는 고려사에서 주지를 할 때였다. 세계 1위 초강대국으로 꼽히는 미국도 노숙자들이 적지 않은 편인데 그들은 일반인들과 별로 다를 바가 없어 보였다. 아마 추위와 거리가 먼, 사시사철 포근한 캘리포니아의 날씨 덕분에 노숙자들도 고생이 덜한 듯 싶었다. 반대로 혹한 추위가 있는 뉴욕의

노숙자들은 훨씬 고생이 심하다 보니 뉴욕에서 LA까지 무려 도보로 노숙 여정을 감행하는 이들도 있다고 들은 적이 있다. 그만큼 노숙자들에게는 추위가 무서운 법이다.

손수레에 도시락을 싣고 봉사자 몇 분과 함께 주변 노숙자들을 찾아 나섰다. 종로2가 교차로에서 인사동 초입의 야외 공연장이 비교적 햇살이 잘 드는 곳이라 그런지 몇십 명이 옹기종기 모여 있었다. 냉기에 절여진 그들의 모습을 보면서 건네는 도시락에 아직 온기가 남아 그나마 다행이다 싶었다. 이렇게 추운 날씨에 먹는 따스한 음식은 소화에도 이롭지만 굳은 마음마저 녹이는 법이다. 따뜻한 밥 한 숟가락, 국 한 모금이 갖는 의미는 생각보다 크다. 모름지기 음식에는 '온기'가 있어야 함을 이 순간 더욱 절실히 느꼈다.

그나마 전하는 도시락마저 못 받는 노숙자들도 있을 법하여 좀 더 후미지고 외떨어진 곳을 찾았더니 아니나 다를까, 꽁꽁 언 몸으로 버려진 이불을 뒤집어쓴 채 홀로 떨고 있는 노숙자들이 더러 있었다. 마음이 먹먹하여 말도 못한 채 눈만 마주하고는 도시락을 건네니 눈빛 인사만 하는 듯 떨리는 손으로 도시락을 받았다. 이분들에게 원각복지회 봉사자분들이 정성껏 조리하여 만든 따뜻한 '집밥 온기'를 전하지 못하는 것이 아쉽기만 하다. 언제 다시 그런 날이 올까?

아직 식지 않은 도시락을 건네며 "따뜻할 때 어서 드세요."라는 말은 하나 마나 한 얘기였지만 그렇게라도 잠시 온기를 느꼈으면 좋겠다.

동병상련의 마음

　강릉에 사는 분이 쌀을 후원해 주시고 있다. 본디 마음씨도 고운 분이지만 알고 보니 쌀을 후원하는 데에는 나름의 깊은 사연이 있었다. 어린 시절 겪었던 보릿고개의 서글픈 추억이 그것이다. 요즘의 초등학교에 해당하는 국민학교를 다니던 시절 형편이 좋지 않아서 늘 배가 고팠다고 했다. 특히 아침밥을 굶고 학교에 가면 배가 너무 고팠는데 먹을 것이 없어서 수돗가에서 맹물로 배를 채웠단다. 물로 배를 채웠으니 허기가 가시는 건 잠시뿐, 돌아서면 다시 배가 고파 많이 울었단다. 세월이 많이 흐른 지금은 먹고살 걱정 없는 형편이지만 그때의 기억이 잊히지 않는다며, 그러한 동병상련의 마음에서 무료급식소의 쌀 후원에 관심을 가지게 됐다고 했다.

　어느 날 그분이 친언니에게 어릴 적 배고팠던 기억을 얘기하며 배고픈 어르신들을 위해 쌀을 후원하게 된 계기를 말했다. 그 얘기를 듣던 언니는 "네가 그리 배가 고팠을 적에 우리 어머니는 얼마나 당신 배가 고팠을까?" 하는데 그 말끝에 함께 눈시울을 적셨다고. 본인은 여러 날을 굶어도 자식들은 굶기지 않으려 했을 텐데 그러지 못한 상황에서 얼마나 마음 아파했을 것이며, 굶는 것을 더 밥 먹듯이 했을 어머니를 생각하니 두 딸의 눈물이 쉽게 그치지 않았단다.

　아직도 무료급식소를 찾아야 겨우 하루 한 끼의 허기를 달랠 수 있는 어르신들이 있다. 하지만 과거에 비하면 요즘은 상황이 많이 좋아졌다. 대부분 '보릿고개'라는 말이 뭔지도 모를 정도로 먹거리에 대한 걱정이 없어졌다. 대신 온갖 맛집과 특별한 요리에 사람들의 관심이 쏠린다. 먹을 것이 차고 넘치다 보니 귀함을 모른다. 음식물 쓰레기 수거가 골칫거리로 떠오른 것만 봐도 알 수 있다.

하지만 이 정도로 살게 된 지는 그리 오래되지 않았다. 지금의 풍족함이 지난했던 과거를 벗어나고자 노력했던 우리 부모님 세대의 수고로 인한 것임을 기억하는 이도 드물다. 사람들은 보통 힘들었던 과거는 잊고 싶어 한다. 또 그에 대한 보상으로 더 잘 먹고 잘 살기 위해 시간과 돈을 투자한다. 어찌 보면 그게 인지상정이지만 잠깐이라도 주변의 힘든 사람들에게 눈길을 돌리는 여유를 가져 보자.

나와 내 가족이 잘 먹고 잘 사는 일도 행복이지만, 그 기쁨을 조금씩 나누는 십시일반十匙一飯, 열 사람이 한 수저씩 덜어 내어 한 사람의 밥을 만들어 내는 일은 얼마나 아름다운 일인가! 본인의 힘들었던 과거를 생각하고 쌀을 후원하는 이처럼 작은 나눔이라도 함께 실천한다면 얼마나 기쁜 일인가! 나의 작은 후원이 여러 사람의 따뜻한 한 끼를 해결해 준다면 얼마나 큰 복을 짓는 일인가!

사랑의 다툼

코로나로 원각사 무료급식소에서 도시락을 준비하는 일이 많아졌다. 아무래도 많은 인원이 한정된 장소에서 급식을 하다 보면 코로나 감염의 위험에 노출되기 쉬운 터라 대안으로 생각한 것이 '도시락'이다. 그렇게라도 무료급식을 계속하는 것이 좋겠다는 판단이 들어 하고 있는데 반기는 분들이 너무 많아 잘했다 싶다. 하루에 한 끼, 무료급식소에서 먹는 밥이 전부인 분들도 있음을 알기에 어려운 상황에서도 쉴 수가 없다.

실무자들과 자원봉사자들이 이른 아침부터 도시락을 준비하느라 종종걸음이다. 도시락이긴 하지만 최대한 반찬도 맛깔스럽

게 하려고 애를 쓴다. 도시락 개수도 비교적 여유 있게 준비한다고 하지만 상황은 늘 변수가 많다. 미리 정해진 인원이 있거나 예약을 받는 것이 아니라서 찾는 이와 도시락 수량이 딱 맞아떨어지기가 힘들다. 특히 준비한 도시락 개수보다 많은 분들이 방문한 날은 빈손으로 돌아가는 경우도 생겨 난감하기 이를 데 없다. 그런 날은 이래저래 실무자들이 힘들다. 오신 분들에게 빠짐없이 도시락을 드리고 싶은 마음은 굴뚝 같지만 상황이 안 되니 어쩔 수 없음에도 더러 이해 못 하는 분들의 짜증도 감당해야 한다. 끼니를 해결할 수 있다는 희망으로 왔는데 누구는 받아 가고, 누구는 그냥 가야 한다면 얼마나 맥이 빠질까. 그런 상황을 몇 번 겪다 보니 실무자들은 도시락 배분에 좀 민감하다. 나름의 규칙을 정해 두고 가능한 부족함이 없도록 나누어 주려고 하는데 그 또한 쉽지 않다.

실무자가 아닌, 어쩌다 급식 봉사에 함께하는 자원봉사자들은 그런 사정을 잘 알지 못한다. 그래서 인당 한 개의 도시락이 원칙인 줄 알지만, 여분으로 한 개만 더 달라고 사정하는 어르신의 부탁을 거절하지 못하고 그만 내드리는 경우가 있다. 오늘도 그런 일이 생겼다. 안 된다고 몇 번을 당부하는 총무보살님의 권고에도 한 봉사자가 약한 마음에 그만 도시락을 더 주고 말았다. 보다 못한 총무보살님의 목소리가 높아졌다.

"보살님의 착한 마음이 결국은 기다리는 다른 분들을 굶게 만드는 거예요. 저희도 안타깝지만 한 분이라도 더 드리려고 정한 규칙인데 그렇게 어기시면 어떡해요." 그 마음은 이해하지만 자칫 더 불편한 상황을 경계한 아픈 지적이다. 듣기에 따라서 감정 다툼으로 이어질 수도 있었는데 봉사자분이 바로 사과를 한다. "죄송해요. 미안합니다. 제 생각이 짧았어요. 듣고 보니 그러네요." 이 말끝에 총무 보살님의 목소리도 평상시대로 돌아왔다. "아니에요. 제가 화를 냈는데도 그리 받아 주시고 이해해 주셔서 오히려 제가 사과드려요." 결국 두 분 모두 마주 보고 웃는 걸로 상황은 마무리됐다. 자칫 냉랭할 뻔했던 분위기도 다시 화기애애해졌다.

이 광경을 바라보던 어르신들도 두 분이 웃는 얼굴로 서로에게 미안해 하자 같이 웃으면서 "허허 보살들의 다툼이로세." 하며 박수를 쳐 준다. 내심 속으로 긴장하고 있었던 내 마음도 눈 녹듯이 풀어졌다. 좋은 뜻을 함께하기 위해 모인 사람들이라 크게 불편할 일은 생기지 않을 거라 생각은 해 왔지만 잘 마무리되어 다행이다 싶다.

부족할 때일수록 골고루 함께 나누는 일은 쉽지 않다. 하지만 어렵더라도 함께 나눌 수 있을 때 비로소 우리들은 그 부족함을 극복할 수 있다. 그렇기에 나눔의 미덕이란 소중하고 아름다운 것이다.

원각사 무료급식소 봉사자

여의심 보살님을 추모하며

여의심 보살님!

더디 오는 봄소식에 북한산에는 아직 꽃망울만 맺힌 채 피지
않은 꽃들이 수줍게 고개를 내밀었더니만, 오늘 아침 진달래가
서둘러 분홍빛 망울을 터트리면서 봄이 왔음을 알리기 시작했
습니다. 때마침 보살님이 가셨다는 소식을 듣게 되니 온 산자락
에 애도화哀悼花 피었습니다. 청량한 봄바람에 순수 애잔한 빛으
로 흔들리며 피어난 진달래 꽃빛은 예전과 사뭇 다르니 이는 무
슨 까닭입니까.

해마다 찾아오는 봄도 이제는 함께할 수 없겠지요. 생멸生滅은 둘이 아님을 알고 있습니다. 생겨나면 소멸하는 것 또한 자연의 이치이지요. 영원한 삶이 계속될 수 없음도, 육신의 소멸이 끝이 아님도 우리 모두는 알고 있습니다.

그래서 마냥 슬퍼하지 않으렵니다. 그동안 당신이 걸어왔던 아름다운 삶의 발자취가 남아 있기에, 차곡차곡 쌓아 온 공덕의 업을 알기에 당신을 보내는 마음이 그나마 가볍습니다. 그저 좋은 인연으로 함께 애쓰던 시간을 그리워할 뿐입니다.

당신은 가고 없지만 원각사 무료급식소에는 당신의 기억이 많이 남아 있습니다. 한동안 당신이 남겨 놓은 아름다운 이야기들이 당신의 빈자리를 대신하겠지요. 봄날의 꽃보다 더 향기로웠던 마음 씀씀이를 쉽게 잊지는 못할 테니까요. 힘든 내색 없이 마냥 웃음 띤 얼굴로 봉사하던 모습을 이제 볼 수 없는 것이 아쉬움으로 남습니다.

보살님! 가는 순간까지 보시공덕의 꽃을 피웠으니 그저 수놓아진 꽃길 위를 마음껏 걸어가시면 됩니다.

"삼세가 일여하거늘

누가 극락을 멀리서 찾는가.

그대로가 꽃빛이며 향기로움이어서

그 마음자리는 극락을 여의지 않거늘."

얼마 전 보살님이 혼수상태에 빠졌다는 얘기를 들었습니다. 그 소식을 듣고 "생사의 역에서 이생에 묵은 업을 다 삭혀 녹이고 가볍게 가시려나 보다." 하는 생각이 들어 '나무아미타불'을 되뇌었습니다. 당신을 존경하고 따르는 이들은 마음을 모아 조염염불을 외웠습니다. 그러한 까닭에 덕을 많이 쌓고 가는 당신의 길은 환하게 밝혀 있을 것입니다.

평생을 성실과 자애로써 일관한 당신. 얼마 전 원각사 무료급식소 봉사자의 손을 꼭 잡고 "힘든 상황이 있을지라도 꼭 지켜 달라."는 애정 어린 유지를 내리셨다는 말을 전해 들었던 때가 생각납니다. 본인의 고통 속에서도 무료급식소에 대한 애정과 걱정을 잊지 않았던 보살님. 순간 가슴을 뜨겁게 녹이던 그 뭉클함을 어찌 말로 다 할 수 있겠습니까? 늘 자신보다 어려운 이들을 먼저 생각했던 보살님의 뜻을 받들어 더 열심히 할 테니 걱정은 그만

놓아 버리세요.

부디 편안하게 왕생극락 하시옵길 축원드리고 축원드립니다.

떠나간 뒤에

떠나간 뒤에
소중함을 아는 것들은
우리들의 삶 속에 많고 많아라.

그런 아쉬움이 없도록
눈빛을 가지런히 하고
세상을 살아갈 일이다.

해거름 녘
개인 빛살같이 고요한 마음이 되어
넘치지도 않고
부족하지도 않은
마음자락으로
세상을 여며 살 일이다.

사랑하는 사람이 곁에 있을 때
사랑을 하고
소중한 사람이 먼 곳에 있을 때
정중히 안부를 물을 일이다.

내 안의 사랑을 퍼주기도 전에
떠나가지 않도록
마음을 기울여 사랑할 일이다.

'식구'라는 말

오늘은 삼백여 명 분의 급식을 준비해서 뒷정리까지 마치고 나니 점심시간이 훌쩍 지나 있었다. 그때야 봉사자들과 늦은 점심을 먹는데 시장기도 한껏 더해진 데다, 일한 뒤라 그런지 모두 "밥맛이 꿀맛"이라며 맛있게 먹는다.

보통 무료급식을 하고 남은 음식을 먹지만 간혹 음식이 딱 맞게 떨어져서 우리 차례까지 오지 않을 때가 있다. 그럴 때는 대충 남은 음식 재료로 급하게 준비해서 먹고는 하는데 오늘이 그런 경우였다. 그래서 준비된 점심 메뉴가 상추쌈. 요즘 같은 초여름에 흔하디흔한 음식이지만 된장을 곁들여 쌈을 싸 먹으니 입맛을 돋우는 게 제철 음식으로 그만이었다. 굳이 다른 반찬이 필요 없었다. 싱싱하고 쌉싸름한 상추 잎을 여러 장 깔고 밥을 크게 한 숟갈 올린 다음 된장을 더해서 볼이 미어지도록 먹었다. 많은 양을 먹긴 했어도 속이 더부룩하기는커녕 기분 좋게 배가 불러왔다.

아침부터 바쁘고 고된 하루였지만 맛있는 상추쌈에 다시 힘을 얻었다. 이럴 때 보면 사는 데 있어 섭생이 중요하다는 생각이 든다. 어떤 것을 먹고사느냐에 따라 그 사람의 인성도 달라진다. 내가 먹는 것들이 결국 나를 만든다. 모두가 옹기종기 모여 감사한 마음으로 맛있게 먹은 싱싱한 제철 상추쌈처럼.

봉사자들과 밥을 먹다 보면 '식구食口'의 의미를 다시 생각하게 된다. 꼭 한 집에 사는 가족이 아니더라도 함께 일하고 둘러앉아 밥을 먹는 사람들끼리는 진정 식구라 부를 만하지 않을까. 더욱이 무료급식소의 어려운 여건 속에서도 '일심동체'로 똘똘 뭉쳐 맡은 바를 거뜬히 해내는 걸 보면 가족 이상의 정이 피어난다. 그렇게 우리는 또 다른 식구가 되어 간다.

정은 더욱 깊어지고
고락을 같이하니

코로나 이후 무료급식소의 풍경 또한 많이 달라졌다. 감염 우려 때문에 점심 메뉴를 도시락이나 주먹밥 등으로 바꾸다 보니 봉사자들의 급식소 내방도 줄어들었다. '든 사람 자리는 몰라도 난 사람 자리는 안다'더니 시끌시끌하던 분위기가 휑한 것이 어쩐지 마음이 허전하다. 변함없이 자리를 지키고 있는 몇몇 분들도 연신 예전의 일들을 들먹이며 그리워하는 걸 보니 역시 같은 마음인가 보다. 동고동락을 같이하는 정이 이렇게 서로를 끈끈히 연결시켜 주는구나, 하고 새삼 놀란다.

사람은 좋은 일보다는 힘들고 어려운 일을 함께 겪을 때 더 돈

독한 정이 쌓이기 마련이다. 그때 쌓인 정은 쉽게 잊히지 않는다. 그러기에 더울 때나 추울 때나 사시사철 늘 함께한 봉사단 식구들의 정이 두터울 수밖에 없다. 좋은 사람들이 좋은 일을 하기 위해 만난 인연이니 더 말해 무엇 할까.

부처님께서도 삼종연三宗緣을 설하신 바 있다. 스승과 도량과 도반. 이 세 가지는 도에 이르는 중요한 인연이라고 하셨다. 나의 경우, 부처님을 섬기고 따르니 더할 나위 없는 스승의 축복을 받은 것이고, 뜻을 함께하는 원각복지회, 원각사라는 다행스러운 도량이 있으며, 어려움을 서로 기꺼이 나눠 가지는 관음수 봉사자들과 함께하니 이들 또한 귀한 도반이 아닐 수 없다. 도반이란 그저 단순히 곁에 있는 존재가 아닌 절대적 필연의 존재다. 그래서 부처님께서도 도반은 공부의 일부분을 해 주는 것이 아닌 전부를 해 주는 것이라고 했다. 도반의 의미는 참된 가치를 위한 좋은 친구라는 것인데, 세월이 갈수록 삶을 지탱해 주고 위안을 주는 결정적인 존재임을 느끼게 된다.

나 역시 그랬다. 힘든 일을 겪으며 홀로 속앓이를 하고 있을 때, 도반의 위로 몇 마디에 속을 털고 나면 후련해졌다. 아마 출가자의 어려움을 처음부터 같이 겪었던 도반의 위로라서 더욱 와닿았던 것 같다. 어려서부터 봐 왔던 어른 스님들도 마찬가지였다. 엄하기만 하셨던 어른 스님들도 당신 도반을 만나게 되면 금세 표정이 달라지신다. 희색이 만면하고 세상 그렇게 밝은 표정일 수가 없다. 승속을 막론하고 우리 삶 속에서 도반이 지닌 의미가 그렇다. 친구, 도반을 만났을 때 제일 반갑고 기뻐하며, 이별이 있을 때야말로 가장 슬퍼하고 실의에 찬 모습을 보이게 된다. 세상을 살아가는 데 있어 마음을 나누는 도반이 없다고 생각하면 그 생각을 하는 것만으로 힘겹다. 고락을 같이한 정이 깊어서 그렇다.

탁마상성붕우지은琢磨相成朋友之恩 '서로 닦고 가르쳐 이루게'한 좋은 벗의 고마운 은혜'를 잊지 말자

어머니이며 아버지입니다
세상 모든 어르신들이

어버이날을 맞이하며

　올해 맞이하는 어버이날은 더 각별하게 마음이 쓰인다. 원각복지회가 주로 노인분들을 위한 야전 복지인 까닭에 어려운 시국이 더해진 이 상황이 안타까워서다.

　몹쓸 코로나로 인해 무료급식소 운영도 예전 같지 않다 보니 어르신들이 행여 끼니를 거르다 건강마저 잃어버리는 건 아닌지 염려가 크다. 언제쯤 모든 것이 예전처럼 돌아갈 수 있을까. 기약 없어 보이는 하루하루가 답답하지만 그렇다고 손을 놓을 수는 없는 일. 할 수 있는 한 최선을 다해서 방법을 찾아보고 준비를 하려 한다.

그리 멀지 않은 과거, 살기는 어려웠지만 요즘 같지 않은 정이 존재하던 그 시절에는 친구의 부모나 생면부지의 어르신까지도 모두 다 '어머니', '아버지'로 불렸다. 요즘은 그때만큼 스스럼없이 그런 호칭을 부르는 경우가 드물다. 서로를 믿지 못하는 세상에 살고 있으니 어쩌면 당연한 일일지도 모르겠다.

그러나 시대와 상관없이 나의 마음에는 세상 모든 어르신들이 어머니며 아버지다. 무료급식소를 찾는 주름진 얼굴의 모든 분들이 그렇다. 좀 더 마음이 쓰이는 우리의 부모님이기에 그분들께 최선을 다하고자 하지만 부족함이 많다. 그때마다 아쉬움이 남지 않도록 더 노력해 보겠노라고 거듭 다짐한다.

사람들은 흔히 보이는 인연만이 전부인 것으로 생각하지만 그렇지 않다. 세상 모든 생명과 사물들은 보이지 않게 자신과 인연을 맺고 있다. 그런 깨달음을 일깨워 주는 부처님의 한 일화가 있다.

부처님께서 어느 때 대중을 거느리고 남쪽으로 가시다가 마침 마른 뼈 한 무더기를 보시게 되었다. 부처님께서는 곧 해골 더미를 향하여 이마를 땅에 대고 큰절을 하시었다. 이것을 본 여러

제자들 가운데 아난다 존자가 부처님께 말하길 "세존이시여, 여래께서는 이 세상에서 가장 높은 스승이시고 모든 중생의 어버이신데 어찌하여 보잘 것 없는 해골 더미에 절을 하시나이까?" 부처님이 아난다에게 이르시되 "이 해골 더미는 내 조상의 뼈이거나, 혹은 어느 생엔가 나와 부모의 연을 맺었던 분의 뼈일 것이다. 내가 어찌 절하지 않고 지나칠 수 있겠느냐."

길가에 아무렇게나 놓인 해골조차 전생의 부모님이었을 거라는 부처님 말씀을 우리는 한번 새겨 봐야 한다. 이러한 가르침은 일체 중생이 나의 부모 아님이 없고 자식 아님이 없음을 뜻한다. 누구라도 자애로움을 지닌 이라면 인연을 맺은 모든 이들이 가족의 연장선이 아닐 수 없다. 함께 사는 세상, 함께 나누면 그대로가 식구가 되고, 더불어 살아가게 되는 것이다. 그것이 우리 원각복지회의 '자비의 손길, 자비의 눈'의 마음이라고 생각한다.

이번 어버이날에는 여느 때보다 더 마음을 써서 공양을 준비해 볼까 한다. 이에 더해 무료급식소를 방문하는 모든 부모님 가슴에 꽃을 달아 드리며 코로나의 위세가 한풀 꺾이기를 기원해 보려 한다. 여느 어머님 아버님과는 달리 빈 가슴으로 오신 이 땅

의 부모님들께 꽃을 달아 드릴 때면, 누구 하나 미소 짓지 않는
분들이 없다.

계시나요?
한가위 잘 맞이하고

심곡암 편지 1

우리 민족의 으뜸가는 명절인 한가위가 돌아왔습니다. 지금쯤 가족들과 모여서 즐거운 시간을 보내고 계시겠지요? 금년에는 코로나로 인해 어려움을 겪고 있는 분들도 많을 듯하여 마음이 편치만은 않습니다. 언제쯤 일상을 되찾을지 모르겠지만 이런 때 일수록 가족이라는 울타리 속에서 힘을 잃지 않고 지내시길 바랍니다.

특히 봉사와 후원으로 원각사 노인 무료급식소에 정성을 다해 주시는 분들에게는 보름달만큼 푸근한 추석이 되길 진심으로 기원드립니다. 어려운 이웃을 위해 기꺼이 최선을 다하는 그 마음에 늘 감사하고, 좋은 인연이 계속 지속되었으면 하는 마음을 가져 봅니다.

저희 원각사 노인 무료급식소에서는 가족이 없는 분들을 위해 추석 당일 점심 한 끼를 대접하려고 합니다. 민족 제일의 명절이니만큼 평소보다 더 정성을 다해서 대접하고자 나름의 특별식을 준비했습니다. 비록 한 끼에 불과하지만 가족이 없는 그분들이 느낄 명절의 허전함이 온기가 담겨 있는 이 식사로 조금이나마 덜어졌으면 좋겠습니다.

사실 코로나로 인해 무료급식소에 예전 같은 봉사 인력을 동원하기 힘든 실정입니다. 하지만 봉사자들의 부족한 일손 대신 무료급식소의 실무를 담당하는 직원들이 더 열심히 준비할 생각입니다. 준비 시간이 더 길어지더라도, 차질 없이 매끄럽게 진행될 수 있도록 계획하려 합니다. 금년 한가위 도시락은 밥과 세 가지 반찬에 우유나 두유, 그리고 마스크 등을 전해 드릴까 합니다. 지금 상황에 대한 아쉬움이 큰 만큼 하루 빨리 예전과 같은 무료급식소의 광경을 보고 싶습니다.

다행히 어려운 상황에서도 무료급식소가 별 탈 없이 잘 유지되고 있는 것은 함께하는 모든 분들이 방역 수칙을 잘 지켜 주고 따라 주고 있기 때문입니다. 그렇기에 이번 한가위에도 다소나마 따뜻함을 전할 수 있어 감사한 마음이 큽니다.

원각사 노인 무료급식소에 함께 해 주신 모든 분들을 생각하며 소식을 띄웁니다. 달이 떠야만 한가위인가요. 마음이 푸근한 달 모양이면 그것이 곧 한가위이지요.

그대, 꽃처럼

저 혼의 크기 만큼만 피어나서
그 빛깔과 향기는
땅이 되고 하늘이 되나니

나도 저처럼
내 혼만큼만 피어나서
땅이 되고 하늘이 되리

피어나는 때를 아는 꽃처럼
지는 때를 아는 꽃처럼

이르지도

늦지도 않은 채

영겁을 노래하는 꽃처럼 살으리

나도 저처럼

내 혼만큼만 피어나서

땅이 되고 하늘이 되리

이 작은 약품 상자

오늘은 특별히 음식과 함께 서울대학교병원에서 후원해 준 의약품 상자를 나누어 드리는 날이다.

바가지만 한 통을 열면 뚜껑 안쪽에 필요한 목록이 십여 가지 적힌 안내문이 있고 그 아래엔 조분조분하게 다양하고 유용한 약품들이 담겨 있다. 나눠 주기 전에 자세히 살펴보노라니, 참 적절한 약들이구나! 하는 생각이 든다. 왠지 든든한 마음이 드는 중량감의 물품이다 싶어 배식대에 앞서 나눠 드리며 성심을 담아 설명도 해 드렸다.

노구의 몸으로 귀하게 받아 가시는 어르신들을 보노라니 또

한 번 애잔한 맘이 든다.

요즘 같은 세상에 한 끼의 밥이며 소소한 약품들이 무에 대수란 말인가. 세계 10위 경제 대국의 반열에 오른 대한민국은 이미 세계 주변국의 부러움을 살 만큼 잘사는 나라가 되었다. 복지 수준도 나름 발전되어 많은 노인분들이 보험 혜택을 통해 쾌적한 병원의 친절한 서비스를 누리고 있다. 그럼에도 불구하고 서울 장안 일번지에 해당하는 종로 탑골공원 주변에는 아직도 복지 사각지대에 있는 노인분들이 원각사 무료급식소의 돌봄을 받고 있다.

다시금 생각해 보노라면, 한국 사회의 발전이 이분들에 의해 이루어진 셈임에도 불구하고 시대의 발전이 현실화된 지금 정작 그 주인공들은 소외받고 있다. 이분들에게도 가족이 있을 터이고, 자식들도 분명 있을 터인데 나름의 우여곡절로 인해 팔구십의 노구를 이끌고 여기까지 오시게 된 것이리라.

다소나마 이 작은 약품 상자로 인해 곤곤한 노구의 아픔을 달랠 수 있을까? 더불어 마치 특별한 선물이라도 받으시는 듯 감사히 가져가시는 적지 않은 분들을 보고 있자니 애써 보이지 않으려 꾹꾹 눌러 담은 서글픔이 가슴 한 켠을 어둡게 하였다.

줄어드는 봉사자들

원각사 무료급식소 봉사자는 줄고 급식 수혜자는 늘어났다. 코로나로 인해 가뜩이나 어려운 상황에 처한 이들이 더욱 궁지로 몰리면서 그렇게 된 것 같다. 다중시설을 이용하면서 생길 수 있는 감염을 우려해서 주변 복지관이나 무료급식소가 문을 닫은 이유도 있다. 자칫하면 바이러스가 확산되는 근거지 역할을 할 판이니, 하나둘 문 닫은 시설들을 원망하기도 어려운 실정이다.

이런 상황에 자원봉사자들도 감염 걱정 때문인지 눈에 띄게 줄어들고 있다. 아마 한동안은 이런 상황이 계속될 것 같아 걱정이 크다. 그러나 한편으로는 코로나 바이러스에 관한 뉴스를 보고 있자면 봉사활동을 해 주길 바라는 마음조차 염치가 없는 게 아닌가, 하는 생각이 든다. 좋은 일한다고 위험을 감수하랄 수는 없지 않은가. 뚝 끊기지 않고 그나마 근근이 급식소 운영을 할 수 있는 정도의 봉사자들이 오는 것만으로도 고마울 따름이다.

오늘도 예상대로 일손이 적다. 대신 손이 덜 가는 카레를 준비하게 되어 한시름 덜었다. 골고루 반찬을 만들고 국을 끓이고 하면 좋겠지만 상황이 이러니 우리로서는 최선의 선택이다. 대신 재료를 최대한 다양하게 넣어 영양가 높은 단품 요리를 완성했다. 갓 지은 따끈한 밥 위에 카레를 올리고 김치와 밑반찬도 곁들인다.

다른 볼일도 있고 해서 아침 일찍 움직이느라 빈속에 나섰더니 오늘따라 카레 냄새가 식욕을 자극한다. 그렇다고 먼저 수저를 들 수는 없는 일. 무료급식소를 찾은 어르신들의 식사가 끝나야 봉사자들과 함께 공양을 할 수 있다. 아득한 밥 생각에 음식의 소중함을 새삼 또 느끼는 순간이다. 잠깐의 허기도 이런데 무료급식소에서 주는 한 끼가 하루 식사의 전부인 어르신들을 생각하니 마음이 아려 왔다.

오늘은 부족한 봉사자 때문에 마음을 졸인 것을 어찌어찌 알고서 갑자기 많은 분들이 몰려왔다. 이럴 땐 늘 봉사자들 차례에 밀려 소소한 일이 내 차례가 된다. 덕분에 급식소 입구에서 식사를 마치고 나오는 분들을 기다리고 있다가 간식으로 드시라고 두유를 내미는데, 감사의 인사도 다양하다. 대부분 "스님, 잘 먹었습니다.", "고맙습니다."라고들 하시지만 간혹 "할렐루야!"를 외치는 분도 계신다.

어찌 되었건, 오늘 하루 적지 않은 분들이 든든한 한 끼로 속을 채웠음에 그저 감사할 따름이다.

배고픔에는
휴일이 없다

몇 년 전 〈신과 함께〉라는 영화가 개봉했다. 주호민 작가의 '신과 함께'라는 웹툰을 기반으로 만들어진 작품인데 후속작을 포함해 두 편의 영화 모두 천만 관객을 거뜬히 돌파할 정도로 많은 인기를 얻었다. 특히나 사후 세계를 판타지 형식으로 풀어낸 새로운 접근 방식이 높은 평가를 받았고, 불교의 사후 세계와도 연관이 깊어 나 또한 관심 있게 본 기억이 난다.

이 영화는 망자가 된 이가 저승에서 사십구일에 걸쳐 일곱 번의 재판을 받게 되는 과정을 그리고 있다. 저승의 일곱 시왕은 거짓, 나태, 불의, 배신, 폭력, 살인, 천륜을 심판하는데, '모든 재판을 통과한 망자만이 다음 생으로 환생한다'는 불교의 『불설수생경佛說壽生經』을 바탕으로 하고 있다. 이처럼 불교에서는 사람이 죽으면 저승으로 가서 염라대왕 앞에 서게 되며, 그때 죽은 이는 살아생전 어떤 일을 했는가에 따라 심판을 받게 된다고 한다. 이러한 내용을 담은 노래 가사가 전해지는데 청허당 휴정 스님(서산대사)이 지었다는 〈회심곡〉이 그것이다. 긴 내용의 염불장단 가운데에 이런 구절이 있다.

> 선심공덕 한다더니 무슨 공덕 하였느냐.
> 배고픈 이 밥을 주어 기사구제 하였느냐.
> 헐벗은 이 옷을 주어 구난선심 하였느냐.
> 좋은 터에 원을 지어 행인구제 하였느냐.
> 깊은 물에 다리 놓아 월천공덕 하였느냐.
> 목마른 이 물을 주어 급수공덕 하였느냐.
> 병든 사람 약을 주어 활인공덕 하였느냐.

육 년 전 탑골공원 앞의 옛 원각사 터에 '원각사 노인 무료급식소'를 개설해 지금까지 운영해 오고 있다. 일찍이 이십여 년 전 다른 스님과 불자들이 이 일을 해 오고 있었는데, 어느 날 심곡암을 찾은 한 신도에게 무료급식소가 운영상 어려움에 봉착했다는 소식을 접하고 현장 답사를 나섰다.

탑골공원 무료급식소에 도착하자마자 내 눈에 들어온 풍경은 백 미터 정도의 길이로 한없이 길게 늘어선 줄이었다. 모두 주린 배를 채우러 온 어르신들이었다. 그 모습이 아직도 눈앞에 생생하다. 이를 본 나는 '출가수행자로서 당연히 배고픈 이에게 밥을 주어 기사구제飢死救濟를 해야 하지 않겠느냐'는 일념으로 운영에 나섰다.

각자가 처한 상황이나 감정과는 상관없이, 허기는 시와 때를 가리지 않고 찾아온다. 배고픔에는 휴일이 없다. 어르신들에게 밥을 직접 나누어 주는 봉사자들과 나는 이 말의 의미를 누구보다 잘 알고 있다. 매년 하루도 빠짐없이 연중무휴로 급식을 해야 하는 이유가 여기에 있다.

종종 긴 하루를 견디기 위해 급식소를 오가며 식사를 몇 번이나 먹는 분도 계신다. 급식소에서 먹는 하루 한 끼가 전부인 걸 알기에 짐짓 못 본 척하지만, 처음 보는 봉사자들은 다들 놀란다.

한꺼번에 저렇게 많이 먹어도 되는지 걱정까지 얹어 알게 모르게 눈치껏 지켜보는 경우도 많다. 밥 한 끼 제대로 챙겨 먹기가 쉽지 않은 분들에게 이 급식소는 유일한 '연명줄'인 셈이다.

원각사 무료급식소가 무려 스무 해를 훌쩍 넘기는 시간 동안 꾸준히 봉사를 해 오신 구십 세 노보살님께서 남긴 말씀이 있다. "어떻게 하든지 밥만 안 끊긴다면 좋겠다." 그때 들었던 이 말씀이 얼마나 지극한 사랑이 담긴 한마디였는지 새삼 깨닫게 된다. 배고픈 이들에게 밥을 주겠다는 출가수행자로서의 결심과 초심을 잊지 않고, 일찍부터 줄을 서 한 끼를 기다리는 모든 분들에게 끊기지 않고 골고루 밥을 나누어 드리고 싶다는 간절한 마음을 다시 한번 되새겨 본다.

한편 무작정 세운 결심으로 이 일에 나서 보니 왜 앞서 하던 분들이 그렇게 힘들어했는지 이해가 된다. 그러나 아무리 상황이 어려워도 평생 맺어 온 인연들을 얽어서 벌써 육 년째 이어 오고 있으니 그래도 출가수행자로서 면목이 조금이나마 서는 것 같다.

무슨 일이든 허투루 되는 일은 없는 듯하다. 마음을 먹고 지극

정성을 쏟아야 한다. 빈틈이 생기지 않도록 바짝 긴장을 유지해야 한다. 특히 사람이 모여서 하는 일은 더욱 그렇다. 비용은 물론 자원봉사자의 노동력이 들어가는 '원각사 무료급식' 일은 그렇기에 여간 벅찬 게 아니다. 더욱이 하루도 쉬지 않고 매일 급식을 하기 때문에 인력 동원에 고충이 있을 수밖에 없다.

뜻을 같이하는 이들이 십시일반 거들고 거들어서 지금까지 왔다. 고난의 연속이었지만 그만큼 보람과 성취감을 주는 일이기도 했다. 배고픈 이에게 밥을 주는 공덕이 현전업보現前業報, 즉 현재에 과보로 다가오는 일로 다가와 후원자가 늘어나기도 했고 보시의 선업을 짓는 분들도 나타났다. 앞으로도 이 일을 할 수 있는 힘의 원천은 바로 이런 분들의 보시행 덕분이다.

보현보살의 끝없는 행원처럼, 원각사 무료급식소의 음식 공양은 소승의 발원이 끝날 때까지 지속되지 않을까 싶다.

원각사 현판을 쓰면서

봄, 여름, 가을이 외면적으로 드러난 계절이라면 겨울의 계절은 내면적으로 감춰진 계절일 게다. 산중 날씨가 본격적인 겨울 영하권에 드니 돌개울 물소리도 끊긴 채 산바람만 겨울 침묵을 흔들고 있다. 이런 날 신앙과 신행의 뜻이 하나 되는 의미가 담기기를 간절히 기원하며 현판을 쓴다.

원각사는 관음보살님의 천수千手 가운데 한 손이 되어 자비수의 봉사와 실천이 구현되는 곳이다. 무료급식소를 운영하는 원각사의 중심에는 사시사철 늘 수고하는 자원봉사자들과 불자들이 있다. 자신을 위할 뿐 아니라 남을 위하여 불도를 닦는다는 뜻의 자리이타自利利他의 정신을 실천하는 그들이 있기에 오랜 시간 무료급식소가 유지될 수 있었다. 이 현판 글씨에 그 의미가 깊게 스밀 수 있기를 염원한다.

좋은 글씨란 농담의 짙고 흐림이 있어야 하고, 강약이 있어야 하며, 장단 등이 미묘하게 조화를 이뤄야 한다. 이 모든 것을 갖추기에는 부족함이 많을 테지만 충심만은 깊게 담았다. 보는 이들에게 그 속뜻이 전해질지는 모르겠으나 서도書道를 보기보다는 마음을 보아 주시면 좋겠다.

꽃에게 달에게

꽃에게 말을 건넸다
어찌 그리 고운 향기를 지녔냐고
꽃은 말했다
내가 할 줄 아는 게 향기라고

나도 말했다
그런 겸손이 있기에
향기가 나는 거라고

달에게 말을 건넸다
어찌 그리 고운 빛을 지녔냐고

달은 말했다
내가 할 줄 아는 게 달빛뿐이라고

나도 말했다

그런 겸손이 있기에

그리 고운 빛을 지닌 거라고

봉사가 곧 수행修行이다

오늘은 우리 원각사 무료급식소 봉사자들이 특별히 음식 솜씨를 발휘한 날이다. 어르신들을 위해 평소보다 신경 써서 반찬을 몇 가지 더하다 보니, 드시는 분들의 식사 시간도 길어졌다. 한두 가지 나물을 더하고 두부 같은 별식이 곁들여지면 어르신들의 식사량도 많아지고 전체적인 급식 시간도 늘어나게 된다.

가끔 다른 곳보다 원각사 무료급식소 음식이 너무 맛있어서 여기로 온다는 애교 섞인 덕담을 하는 분도 있다. 그럴 때면 우리 원각사 무료급식소가 '소문난 맛집'이라도 된 것 같아 괜히 흐뭇해진다. 듣기 좋은 말에 기분 좋지 않을 사람이 없는 것처럼, 지나가는 말 한마디가 봉사자들 어깨까지 으쓱하게 만든다. 값비싼 재료에 고급 음식은 아니지만 음식에 들어간 '정성'만큼은 어느 특급 호텔 식당에 결코 뒤지지 않는다고 자부한다. 물론 '맛'은 기본이다.

자원봉사자 중 한 분이 오늘따라 배가 고프다는 말을 계속 반복한다. 미안하고 안쓰러운 마음에 봉삿날에는 아침을 든든히 드시고 오라고 권했더니 아침을 먹었는데도 이상하게 배가 빨리 고프단다. 아마도 급식소에 오느라 일찍 움직이고 평소보다 활동량이 많아지다 보니 쉽게 시장기가 도는 것이 아닐까 짐작해 본다. 본래 급식이 끝나야 봉사자들도 공양을 하다 보니 지금은 해줄 수 있는 게 없어 괜히 멋쩍어진다. 오늘따라 배식 시간이 길어져서 한참 뒤에나 먹을 수 있을 텐데 어쩌나 싶었다. 그래도 음식을 건네는 목소리에는 그런 내색 하나 없다. "안녕하세요. 맛있게 드세요." 청량한 종소리가 따로 없다.

무료급식소를 찾는 어르신들은 대체로 조용하고 매너도 좋은 편이다. 그런데 오늘따라 음식 타박을 하는 분이 있어서 난감한 상황이 생겼다. 평소보다 더 신경 써서 음식을 준비한 수고가 무색하게 버럭 화를 내서 일순 분위기도 냉랭해졌다. 난데없는 구박에 난감해 하는 봉사자를 편들 수도 없고, 어찌해야 하나 싶어 지켜보고 있었는데 의외로 조용히 마무리됐다. 당황스럽지만 유연하게, 아쉬운 듯 웃어넘기는 봉사자의 현명한 처신 때문이었다. 이른 아침부터 배고픔을 참아 가며 일한 대가가 이유 없는 타박이라면 속도 상할 텐데 기꺼이 눈살 하나 찌푸리지 않는다. 그 모습에서 봉사라는 것이 웬만한 마음 수행 없이는 힘들겠다 싶으면서 정말 고운 심성을 가진 분이라는 생각이 들었다. 외려 내가 미안한 생각도 들었지만 군이 위로의 말을 건네지는 않았다. 보살 같은 애민愛民의 정신이 그분 속에 이미 있음을 느꼈기 때문이다.

늦은 배식이 끝나고 다른 볼일이 있어 총총히 먼저 떠나면서도 그분에게 내내 마음이 쓰였다. 그러고 보면 마음 수행은 어디 멀리 있는 것이 아닌 것 같다. 자신이 맡은 역할을 성심성의껏, 온 마음을 다해 수행하는 것이 진정한 의미의 수행 아닐지.

일상이 기적이다

젊은 시절에는 미처 깨닫지 못했던 일상의 소중함이 더 크게 느껴지는 건 아무래도 한 해, 두 해 늘어 가는 나이만큼 달라지는 내 몸 때문인가 보다. 거기에 더해 코로나로 인해 별것 아니었던 일상의 가치를 재발견해서이기도 하다.

세상사 맘대로 안 되는 건 어찌 보면 당연한 이치건만, 그중에서 건강이 컨트롤되지 않을 때만큼 당황스럽고 난감한 일은 없다. 특히나 요즘 같은 시절에는 열만 나도 큰일이다. 병원에 가기도 어렵거니와 혹시나 코로나인가 싶어 별 생각이 다 든다. 단순한 감기일 뿐인데도 기침 한번 편하게 하기 힘들다. 코를 훌쩍이고 기침을 하는 순간 주위의 싸늘한 시선을 한 몸에 받게 된다. 아파도 아픈 티를 못 내는 것이 요즘 시절이다.

나 역시 행여라도 원각사 무료급식소에 피해가 갈까 싶어 거듭 조심하고 또 조심하고 있다. 내가 맡은 작은 소임을 이어 가기 위해서, 오늘도 한 끼의 밥을 기다리는 이들의 허기를 달래는 이 삶을 지키기 위해서.

제 아무리 돈이 넘쳐나는 백만장자도 건강을 잃으면 아무 소용이 없다. 옛날 어른들이 세상 걱정거리 중에서 가장 하찮은 걱정이 '돈 걱정'이고, 가장 무서운 걱정이 '건강 걱정'이라고 했다. 그 말이 나하고는 거리가 멀다고 생각했던 때도 있었는데. 역시 살아 볼수록 어른들 말씀은 틀리는 법이 없다. 돈은 열심히 일하고 노력한 만큼 따라오지만, 건강은 한번 잃게 되면 돈으로도 살 수 없으니 말이다.

아프지 않고 건강하게 무사히 하루를 살아가는 것. 평범한 일상은 그 자체로 기적이다.

바삐 산다는 것은

봉사하는 날은 하루가 빨리 간다. 오늘은 한 달에 한 번, 넷째 주 수요일에 오는 심곡암 무료급식소 봉사단의 담당일이다. 조장 인 관음화 보살님이 이끄는 봉사단의 인원 확충이 어렵게 이뤄 졌다. 최소한 십여 명으로는 구성되어야 기본 음식 배식이 가능 하고 설거지와 식사 후 뒷정리가 가능하게 된다. 다행히도 일일 봉사 체험 신청자 몇 분이 합세하게 되어 오늘 하루 급식이 가능 해졌다. 이마저 되지 않는 상황에서는 기본 스태프인 급식소 국 장과 총무보살이 몸살을 앓다시피 새벽부터 고역을 치른다. 한 번씩 변칙 상황이 돌발하노라면 공연히 내가 미안함에 빠진다. 오늘 나의 맡은 소임은 식사를 마치고 나오시는 분들에게 마스크와 요구르트를 나눠 주는 역할이다. 대부분의 어르신들은 식사가 마친 후 노구답게, 아주 천천히 식당을 나오셔서 마스크와 요구르트를 받아 가시는데 가끔 성정이 급하신 몇몇 분들은 밖을 나오자마자 후식 부스를 쳐다보지도 않고 줄달음치듯 달아나신다.

그런 모습을 보노라면 마지막까지 드리지 못한 상황이 못내 아쉬워진다. 생각건대, 세상을 너무 바삐 산다는 것은 그만큼 지나치는 것들 또한 많은 것이구나! 싶은 날이 있다.

도반에게

이제 서서히 여름이 오고 있는데 그곳 날씨는 어떠한가? 여기는 매일 같이 흐릿하다 못해 뿌연 미세먼지가 무겁게 가라앉아서 절로 눈살이 찌푸려지고 목도 칼칼해진다네. 갈수록 정도가 더 심해지는 것 같아 걱정이야. 하지만 오늘은 오랜만에 보는 무척 맑은 날이었네. 옛날 같으면 무심히 여겼을 텐데 지금은 청명한 하루의 날씨마저 고마운 시대가 되었군.

아침 기상 후 텃밭의 상추며 고추밭에 물을 주는 일은 빠뜨리지 않는 일과지. 하루가 다르게 튼실해지는 그것들을 보는 재미가 쏠쏠해서 들여다보고 있자면 시간이 금방이야. 그간에 여러 일들로 분주해서 수련하던 소림무공을 놓은 지 오래된 터라 오늘은 꼭 하리라 마음먹었던 나한장봉까지 연마하고 나니 소회가 새로웠네. 본디 사흘만 게을리 해도 표가 나는 법인데 그동안 너무 느슨해진 것 같아 반성도 했다네. 체력 단련도 수행의 한 방편이기에 빠뜨리지 않고 해야 하는 일 중에 하나인데 그러지 못해 오늘을 계기로 다시금 정진해 볼까 하네.

오늘도 원각사 무료급식소에 가느라 서둘러 준비를 하고 나섰지만 출근길 정체로 빠듯하게 시간을 맞췄네. 늘 느끼는 거지만 서울의 교통 정체는 정말 적응이 안 될 것 같아. 더 부지런히 움직이는 것 말고는 해결책이 없는 듯하니 거기에 따를 수밖에.

봉사자와 급식소 후원자를 위한 사시 예불을 모시면서 다시금 든 생각은 불심과 실천이 하나가 되어야 한다는 것이네. 급식소에 자원봉사자들은 한 달 기준 매일 돌아가면서 봉사를 하지. 오늘은 '행복회' 담당이었는데, 팀원이 많은 편이어서 봉사자들의 수고로움도 다소 덜어지는 듯하니 보기 좋았네. 불심으로 마음을 서로 보태는 '십시일반'의 의미가 바로 여기에 있지 않겠나.

심곡암에 돌아와서는 서예를 하기 전 차를 마셨네. 잊지 않고 찾아 주는 손님들과 이런저런 얘기를 나누면서 몇 순배 차를 마시다 보니 산중과 시정을 왕래하는 고달픔이 다소 가셨네. 단순히 차를 마시는 것이 아니라 제대로 다도의 정취를 느낄 수 있는 좋은 시간이었네. 더러 다도의 정서를 모르는 이들과 함께할 때는 내색하지 못하는 아쉬움이 있었는데, 차분히 차를 함께 대하는 손을 맞으니 마음도 흐뭇했고. 손님도 가고 한 시간 정도 서예 사경을 하고 나니 어느덧 하루가 저물고 있어서 서둘러 발걸음을 옮겼네.

몇 해 전에 심어 놓은 뽕나무에 열매가 주저리주저리 많이도 달렸다네. 나무 밑에 멍석을 깔고 흔들어 거두니 한 양푼의 수확이 있었지. 자칫 때를 놓치면 너무 농익은 열매가 다 떨어져서 아까운 마음이었을 텐데 다행히 시기를 잘 맞췄네. 소담하게 담긴 뽕나무 열매가 어찌나 탐스러운지 보여 주고 싶은 마음이 절로 든다네.

오늘도 이렇게 저녁 예불을 드릴 시간이 됐다네. 늘 무고하고 건강하시길.

그 사람

반갑게 전화를 걸어 목소리를 들려주는
그 해맑음이 좋아

흔연히 주저하지 않고
차 마시러 달려오는
그 선뜻함이 좋아

삶의 안개빛이 새하야니 피어나도
햇살처럼 금세 거두는
그 웃음이 좋아

정갈하게 준비한
정성스러운 음식을 마주하며 기뻐하는
그 따스함이 좋아

그리, 제자리에서 제 향기로 품품히 잘 지내다

어제 본 듯 마주하는

그 모습이 좋아

그런 그 사람이 좋아

2.　　　심곡
　　　　——
　　　　일지

그 가르침을 일깨워 주고는 떠나가셨다.

맑고 향기롭게. 스님은 무언으로

법정 스님의 면모가 내 마음 안에 그대로 다가왔다.

머무름도 떠남도 맑고 향기롭게 하시고자 했던

심곡 예찬

심곡암에 자리 잡은 지도 벌써 스무 해가 훌쩍 넘었다. 언제 시간이 그만큼 흘렀나 싶다. 인연이 닿아 처음 발을 디뎠을 때의 기억이 엊그제 같기만 한데 세월은 정말 빠르다. 암자도, 나도 세월에 따라 조금씩은 그 모습이 바뀌었으나 심곡암을 품고 있는 산자락만큼은 지금도 한결같다.

이곳에 살면서 좋은 인연을 많이 만났다. 사람 사는 곳은 다 똑같아서 더러 궂은 일, 힘든 일도 있었지만 그보다 감사한 일이 훨씬 많았던 고마운 곳이다. 남들에게는 북한산 깊은 골짜기에 자리 잡은 볼품없는 작은 암자에 불과하겠지만 내게는 값어치를 따질 수 없을 만큼 의미 있는 도량이다.

사시사철 눈 호강에, 맑은 공기는 덤이다. 진정으로 심곡암이 좋아서 찾는 이들과 편하게 축제를 즐기면서 어우러지는 행복감도 크다. 뜻이 맞는 사람들과 함께하는 순간은 늘 기다려진다.

더운 바람이 부는 여름철 좌선대에 올라 선선한 산바람을 맞으면서 보는 풍경도 그만이다. 보름달이 뜨는 밤, 너럭바위에 걸터앉아 백 년 넘은 졸참나무를 친구 삼아 달구경을 하는 재미는 말해 무엇 할까.

심곡암을 처음 찾는 이들은 이렇게 깊은 산속에 암자가 있다는 것에 놀라고, 소소하면서도 오묘하게 자연과 함께하는 암자의 멋스러움에 반한다.

본래 심곡암은 '심곡사'라고 불렸다. 그러다 내가 깃들어 살게 되면서 '암자'로 바꿔 불렀는데 이를 두고 몇몇 지인들은 더러 불평을 하기도 했다. 절 살림도 좋지 않은데 사격寺格을 낮추어 굳이 암자라 부를 이유가 없다는 것이었다. 하지만 내 생각은 달랐

다. 이름이 크다고 해서 사람들의 애정이 커지는 것도 아니고, 이름이 작다고 해서 사람들의 애정이 작아지는 것도 아니지 않은가. 그런데도 사람들은 이름을 크게 하기를 좋아하는 경향이 있다. 진정으로 크고 작음이란 겉으로 드러나는 모양새의 크고 작음에 있지 않다. 그 가치의 진가를 통해 자연스레 무게감을 느낄 수 있어야 한다. 불평하던 이들의 걱정과 달리 작은 암자라서 좋다는 분들이 더 많았으니 공연한 걱정이 된 셈이다. 원효대사가 발심하여 수행하기를 권고하는 불교서 『발심수행장發心修行章』에서 한 구절을 추려 본다.

고악아암高嶽峨巖　높은 산 절묘한 바위굴 속은
지인소거智人所居　지혜로운 이의 거처할 곳이며
벽송심곡碧松深谷　푸른 소나무 깊은 골짜기는
행자소서行者所棲　수행자가 깃들어 살 곳이어라

'심곡암' 하면 늘 생각나는 글이다. 기도 염불하고 참선 정진할 만한 바위굴 법당도 있고, 북한산 형제봉 골짜기에 있어 심곡深谷이란 이름도 걸맞다. 이십 년이 넘는 세월이 흘렀지만 심곡암은 여전히 보석 같은 도량이다. 심곡암에 사는 이에게도, 찾는 이에게도 늘 한결같다. 가깝되 깊고, 고요하되 어둡지 않은 불도량의 진가가 빛나는 곳이다.

꿩 소리

심곡암을 깨우는

밤새 휘몰아치던 비바람이 그치고 언제 그랬나 싶게 모든 것이 잔잔한 일상으로 돌아왔다. 지난 바람에 버티면서 묵은 잔가지들을 날려 보낸 나무들의 기상은 훨씬 늠름해졌다. 불어난 계곡 물만이 어젯밤의 소동을 말해 주듯 거친 소리를 더해 가며 정적을 깨운다. 며칠이 지나면 계곡 물소리도 잦아들고, 물빛도 차츰 개어 맑고 투명해질 것이다. 시간이 필요하지만 자연은 저마다 그렇게 원래의 모습을 찾아가기 마련이다.

전각의 낡은 모서리와 부실한 담장 언저리 몇 군데가 무너져 내렸다. 암자 초입에 어설프게 서 있던 묵은 안내판도 떨어져 나갔다. 안 그래도 볼 때마다 마음에 걸렸었는데 미루고 미루다 이런 사달이 났으니 이제 더는 미루지 못할 듯하다. 이번 기회에 깔끔하게 고쳐 보리라 마음을 먹어 본다.

항상 느끼는 것이지만 자연의 힘은 정말 놀랍다. 예측할 수 없는 자연재해도 무섭지만, 그 속에서 다시는 회복할 수 없을 것처럼 처참히 망가져도 스스로의 힘으로 다시 일어서는 걸 보면 경이롭기까지 하다. 그러다 보니 어떤 어려운 상황이 닥쳐도 자연 스스로가 자생력을 발휘할 수 있도록 묵묵히 지켜보는 것이 가장 좋은 방법이 아닐까 하는 생각이 든다. 국립공원에서도 '자연 휴식년제' 제도를 두어 일정 기간 동안 등산로나 샛길 등을 막아 사람의 출입을 통제시키고 있는데 그 결과로 본 자연의 회생력은 놀라울 정도라고 한다. 역시 사람의 지나친 손길은 반갑지 않다. 그런 걸 보면 결국 자연에게 있어 가장 큰 가해자는 인간이었음에 절로 반성하는 마음이 든다.

심곡암의 경우 북한산에서도 워낙 깊은 산골짜기에 있다 보니 눈에 잘 띄지도 않고 신도들도 많지 않다. 그래서인지 예전 누군가가 심곡암을 지나는 등산로를 일부러 만들어 절을 찾는 사람들도 늘리고 신도들도 늘리면 어떠냐는 제안을 한 적이 있지만 소탐대실小貪大失이 될까 싶어 수용하지 않았다. 자연을 해치는 대가로 얻는 심곡암의 유명세는 전혀 바라는 바가 아니며, 비록 북한산 한 자락을 차지하고 살긴 하지만 더 이상의 욕심은 염치도 없을뿐더러 풀 한 포기, 나무 한 그루도 건드리고 싶지 않았다.

덕분에 암자를 둘러싼 숲속은 평화로움 그 자체다. 또 하나의 주인인 깃 자태 고운 겁 많은 꿩들도 무리지어 살고 있다. 이따금 청명한 소리로 "꿩꿩" 울며 암자의 정적을 깨워 주는데 그 소리에 도심의 숲속에 사는 호사를 실감한다. 기린 목처럼 기다랗게 고개를 치켜들고 수문장처럼 자리를 지키는 홍송紅松들의 기품 좋은 고고한 자태는 신령스럽기까지 하다. 하늘을 향해 쭉 뻗은 모습이 고결해 보여 나도 그 기상을 따라가고 싶을 정도다. 도심에서는 보기 힘든 이런 자연스러움이 좋아 잊힌 고향을 찾듯 암자를 찾는 이들도 늘고 있다.

자연은 인간을 치유하는 능력이 있다. 그저 자연 속에서 숨 쉬고, 걷는 것만으로도 생기가 돈다. 그러나 이렇게 귀한 자연에게 있어서 인간 이상으로 독성을 지닌 존재가 따로 없으니 참으로

슬픈 일이다. 돌이켜 보건대 자연은 인간에게 늘 내어 주는 편이고, 인간은 자신의 이익을 위해 자연을 이용하는 편이다. 하지만 이런 일방적인 관계가 오래 가다 보면 자연도 인간도 상처를 입을 수밖에 없는 순간이 온다. 사람들로부터 격리되어야만 자연이 더 건강해지는 불편한 진실 앞에서 우리가 어떻게 해야 할지 고민하는 시간이 많아져야겠다.

사람들과 자연이 더불어 잘 사는 그날이 빨리 오기를.

신목이 오다

늘 손님을 맞다 보니 차탁의 쓰임새가 깊다. 그동안 춘양목으로 된 차탁이 제 역할을 톡톡히 하고 있었는데 다소 작아 보인다 생각했는지 오랜 지인이 새 차탁을 가져왔다. 특별히 남원에 있는 장인에게 부탁하여 만들었다는 차탁은 언뜻 보기에도 예사롭지 않았다. 크기도 그렇지만, 오묘한 빛깔과 옹이를 품은 나뭇결까지…. 그 자태가 훌륭한 신목神木이었다.

예상치 못한 선물에 기쁜 마음과는 달리 겉으로는 멋쩍게 고마움을 전한다. 이럴 때는 말주변이 있던가, 살가움이라도 있었으면 더 진심 어린 감사의 표현을 할 텐데 이런 내 무심함이 아쉽다. 허나 오래 알고 지낸 지인이기에 이심전심 마음이 통했을 거라는 기대를 해 본다.

사람의 마음이 간사한지라 예전의 차탁도 불만 없이 잘 쓰고 있었는데, 새로운 차탁을 보니 그것만 못해 보여 얼른 새로운 차탁으로 다구들을 옮겼다. 대충 정리를 한 다음 어디서부터 발원한 나무 차탁이냐고 물었다. 전라도 장흥 지방 어느 마을을 칠백 년 이상 지키던 당산 나무였는데 그만 벼락을 맞아 운명을 다했다고 한다. "우연히 그 소식을 듣고 스님이 생각나서 새로이 차탁으로 만든 다음 전라도에서 여기까지 싣고 왔습니다."라는 말에 그 고운 마음 씀씀이가 그대로 느껴진다.

살아서 천년, 죽어서 천년이라고 당산나무는 운명을 다했지만 또 다른 인연으로 잘 다듬어진 차탁이 되어 북한산 심곡암에 다시 터를 잡았다. 비록 무생물인 차탁일지라도 범상치가 않은 터라 오래 묵은 보이고차普洱古茶를 고이 우려 다례茶禮를 올렸다. 다례를 올리고 나니 천년 세월의 공력이 깃든 나무의 은혜를 기릴 수 있어 흡족했다.

한자리에서 천 년 가까운 세월을 보내는 동안 얼마나 많은 이들의 사연을 듣고 보았을까. 촘촘히 새겨진 나뭇결에는 수만 겹의 인연이 닿았을 터. 마치 그 모든 인연들과 마주하는 기분이 들었다. 신목神木이라 일컫는 것이 무색하지 않음이다.

천진불의 미소
심곡암을 밝히는

심곡암을 찾는 이라면 누구나 걸음을 멈추고 미소 짓는 곳이 있다. 바로 암자 입구 바위 아래 해맑은 미소를 지닌 천진불 조각상 앞이다. 동그스름한 얼굴에 활짝 핀 미소가 볼 때마다 정겨워 보는 이를 저절로 같이 웃게 만드는 재주를 가졌다. 본래 그 자리가 제자리인 것마냥 잘 어울린다. 찾는 이마다 어디서 어떤 인연으로 심곡암에 자리 잡게 되었냐며 묻곤 한다.

천진불은 파주 헤이리 예술마을에서 조그만 박물관을 운영하며 작품 활동을 하는 오채현 작가의 작품이다. 그는 불교 조각가로, 십 개월간 정성들여 조각한 '한복을 입은 성모상'을 로마 바티칸의 교황청 한국대사관에 보낸 작가로도 유명하다. 지금까지 변함없이 작가 활동을 하면서 전국 사찰 곳곳에 작품을 전시하고 있다. 천진불 특유의 미소는 오채현 작가의 트레이드마크와도 같아 그의 작품마다 그 미소가 빠지지 않는다. 그래서인지 석물인데도 불구하고 따스한 온기를 지녀 많은 이들이 좋아하고 찾는다. 그의 작품이 지닌 가치이자 매력이다.

덕분에 심곡암에도 따뜻한 기운이 가득 감돈다. 처음 작가와 작품을 보았을 때 성품 좋고 넉넉한 작가의 미소와 천진불의 미

소가 닮았음을 한눈에 알아봤다. 사람의 심성이 저렇게 작품에 드러나는구나 싶어 마음이 놓였다. 왠지 걱정하지 않아도 심곡암에 어울리는 미소를 지닌 천진불을 잘 조성할 수 있겠구나 싶었다. 직감은 맞았고, 그의 손에서 탄생한 천진불의 미소는 여전히 심곡암을 밝히고 있다.

천진불의 미소를 보고 난 후에 내 처소를 찾는 이들이 또 한번 감탄하는 것이 있다. 바로 방 한 면을 차지한 그림이다. 작지 않은 크기도 그렇지만 담백한 흑백의 묘미를 살린 그림이 단번에 눈길을 끌었는지, 어느 유명 작가의 그림인가를 궁금해한다. 그 그림을 그린 이는 성률 스님이다. 성률 스님은 세간과 출세간에 유명세를 타는 작가이다. 조용한 성품 탓에 은둔하다시피 사시며 그림을 그리며 지내시지만 문화를 즐기는 이라면 거의 안다. 개인적으로 성률 스님의 그림을 좋아한다. 절제된 담백함이 멋스럽고, 기교 없는 차분함이 마음에 든다. 그래서 그림 몇 점을 처소에 걸어 두고 보기도 하고, 더러 선물도 한다. 다행인 것은 성률 스님의 그림을 좋아하는 것은 나의 개인적인 취향임에도 선물받은 이들이 한결같이 성률 스님의 그림을 마음에 들어 한다는 것. 인사치레가 아니라 진심으로 좋아하는 모습이 보인다. 스님의 그림에 적극적으로 관심을 드러내는 이도 있다.

　이렇게 심곡암에 자리 잡은 인연들은 저마다 맞춘 듯이 제자리에서 빛을 발하며 사람들의 이목을 끌고 있다. 사람과의 인연이 소중한 것처럼 사물과의 인연도 때가 있고 충분한 가치가 있는 법이다. 세상 모든 인연 하나하나에는 다 뜻이 있다. 허투루 여길 것은 없다.

창밖을 본다

'창'을 통해 보는 세상은 또 다른 세상이다. 똑같이 바람이 불어도, 눈과 비가 내려도, 햇빛이 비춰도 이상하게 느껴지는 것이 다르다. 마치 또 하나의 다른 눈으로 세상을 보는 것 같달까. 마음이 평온하고 차분해진다. 그래서 봄비가 내릴 때면 창문을 타고 흐르는 비를 가만히 보기도 하고, 한겨울 눈이 내릴 때는 하염없이 창틀에 쌓여 가는 눈을 본다. 태풍이 몰아칠 때는 흔들리는 차창 소리에 은근히 마음을 졸이면서 밖을 내다볼 때도 있다. 그렇게 계절따라 날씨따라 변화무쌍한 풍경을 조금씩 다르게 느낀다.

　창밖에서 이뤄지는 모든 자연의 원리처럼 우리 인생도 이러한 변화무쌍함을 닮았다. 평생 희노애락애오욕喜怒哀樂愛惡慾의 칠음계를 넘나들면서 사는 것이 그렇다. 누구라도 기쁠 때가 더 많기를 바라지만 이 또한 마음대로 되지 않는 것이 인생이다. 때때로 큰 괴로움이나 슬픔이 찾아올 때가 더 많다. 그럴 때는 어떤 위로도 별 도움이 되지 못한다. 어차피 스스로 감당해야 할 몫이니, 그저 이 힘든 시간이 빨리 지나가기를 조용히 기도할 뿐이다.

그저 자연스러운 사계四季의 흐름처럼 우리 인생도 그렇게 흘러가기만 한다면 얼마나 좋을까. 바뀌는 계절의 길목에서 창밖을 보며 생각한다.

심곡암 이야기

누가 심산유곡 심곡암을 멀리서 찾는가.
진리가 내 안에 있듯
심곡처 심곡암은
마음의 고향같이
우리가 사는 도심 속 같은 산골이 되어
바로 우리 안에 이렇게 있네

티끌세상에 가깝되
깊은 고요함이 깃들어 있고
깊은 고요함은 막힘이 없어
티끌세상 한눈에 굽어보네

작되 오묘함을 두루 갖추어서 펼치나니
불심과 자연, 예술이 하나 되는
화엄의 꽃 같은 심곡암!

이곳에서 우리는

작고 소박함의 깊은 아름다움을 배우고

크고 넘쳐나는 세상에서

겸허하게 감추는 마음 매무새를 익히나니

오늘은 심곡암 단풍축제!

이 도량 그리운 사람들 함께 모여

마음과 마음들이 하나 되어

부처님 사랑을 합장하네

봄

산에는 꽃이 피고 온갖 봄 내음이 가득하다. 다른 곳보다 더디 오는 봄이라 여유 있게 만끽하고 싶었는데 한걸음에 성큼 가 버릴 것 같아 아쉽다. 뭐든지 시간을 두고 천천히 즐겨야 제대로인 법인데 내 뜻대로 되지 않는다. 봄이 서둘러 가기 전에 잠시라도 더 눈에 담아 두고 싶어 차를 두고 대신 심곡암까지 걷기로 한다.

매년 느끼는 거지만 자연에는 정말 이름 모를 많은 생명체가 살고 있다. 우리가 이름을 알고 불러 주는 건 겨우 일부. 누가 알아주지 않아도 때가 되면 꽃을 피우고 열매를 맺고 뿌리를 내린다. 생긴 것도 각각이고, 색깔도 향기도 다 다르지만 어느 것 하나 예쁘지 않은 것이 없다. 모진 겨울을 이겨 내서 더 빛나는 것일까. 심곡암에 오르는 산길 여기저기에 피어 있는 작은 들꽃 하나도, 풀 한 포기도 저마다의 빛깔이 영롱하다.

사람도 저 많은 꽃과 풀과 나무와 같다. 저마다 타고난 예쁨이 있고, 매력이 있다. 고운 심성으로 주변까지 향기롭게 만드는 사람도 있고, 다른 이가 가지지 못하는 재주로 빛나기도 한다. 아니, 그 무엇이 없어도 인간이라는 존재는 그 자체만으로도 빛이 난다. 그렇기에 다른 사람의 잣대에 맞춘 성공이나 잘남을 의식할 필요가 없다. 그걸 모르고 자신의 가치를 가볍게 여기는 사람들을 볼 때면 안타깝기 그지없다. 나의 시를 읊조려 본다.

그대, 꽃처럼

저 혼의 크기만큼만 피어나서

그 빛깔과 향기는

땅이 되고 하늘이 되나니

나도 저처럼 내 혼만큼만 피어나서

땅이 되고 하늘이 되리

_「그대, 꽃처럼」 중에서

봄 햇살은 바위틈도 그냥 지나치지 않았는지 손가락 한 마디 정도 되는 이름 모를 풀들이 제법 솟아 있다. "아이고, 기특해라." 구석구석 빠뜨리지 않고 온기를 나눠 준 봄 햇살이 제 역할을 제대로 수행하고 있는 것이 틀림없다. 포기하지 않고 살아 보겠다고 애쓰는 작은 풀들도 대견하기만 하다. 그래, 자연이든 사람이든 자신의 자리에서 그저 최선을 다하면서 살아가는 것이 잘 사는 것이다.

누가 그랬다. 사람은 나이가 들면 꽃을 좋아하게 되고, 자연을 더 좋아하게 되는 법이라고. 꽃에 관심 없던 사람도 자꾸 눈길이 가고 초록잎 무성한 자연의 품을 그리워한다는데 나도 예외는 아닌 듯싶다. 본래도 그러했지만 갈수록 더 좋아진다. 그래서 사시사철 다른 풍경을 보여 주는 북한산 골짜기에 살고 있는 것이 그렇게 고맙고 좋을 수가 없다.

실컷 눈 호강을 하면서 오르다 보니 어느덧 심곡암에 도착했다. 아니나 다를까. 심곡암도 하루가 다르게 봄이 만연하다. 손바닥만 한 채마밭에 뿌려 놓은 씨앗들도 제법 싹을 틔워서 자라고 있고, 구석구석 자리 잡은 들꽃들도 활짝 폈다. 돌 틈 사이 돌단

풍도 꽃을 피웠고, 라일락도 꽃눈을 빼꼼히 내밀고 있다. 진달래는 이미 안녕을 고했지만 뒤를 이은 철쭉에, 영산홍에…. 심곡암 골짜기는 말 그대로 꽃들의 향연이다. 심곡암에 들어서면 꽃향기가 먼저 반긴다.

행복한 마음으로 염불을 마치고 처소로 돌아가는 길에 노란 딸기 꽃을 발견했다. 앙증맞은 모양새를 보니 절로 미소가 지어진다.

심곡암에서는 이러한 꽃들의 향연이 연일 펼쳐지고 있다. 저들처럼 빛깔과 향기로 살라고!

봄
소
식

지난 거사림 가족 법회 때 봄맞이 청소가 있었다. 겨우내 감싸 주었던 대나무의 짚 옷도 벗겨 주고, 묵은 낙엽 덤불도 걷어 내니 도량이 한결 말끔해졌다. 내친김에 도량 구석구석 쌓인 먼지도 열심히 털어 내 본다. 기분 탓일까. 어제와 같은 햇살이겠지만 어쩐지 오늘의 햇살은 배로 산뜻한 것 같다.

이미 남쪽 지방에서는 매화꽃이 피었느니, 냉이 나물이 한가득 돋았다느니 하면서 제각각 봄의 탄생을 알려 오지만 여기는 지금부터가 시작이다. 서울에서도 북쪽, 북한산 골짜기에는 이제야 겨우 기지개를 켠 봄이 수줍게 다가오는 중이다. 다른 곳보다 한

발 늦지만 그만큼 더디 갈 것이란 생각에 별다른 조바심은 없다. 그저 천천히 봄이 오는 길을 지켜볼 즐거움에 한껏 설렐 뿐이다.

지역마다 봄이 오는 때가 다르듯, 사람도 저마다 진정한 마음의 평온을 찾는 시기가 다르게 올 것이다. 하지만 "빠르고 늦음이 있다 하더라도 마침내 봄은 오는 것마냥, 누구에게나 모두 성불의 봄이 온다."는 『법화경』 상불경 보살님의 말씀처럼, 모두의 마음에 어서 평안한 때가 오기를 빌어 본다.

봄바람과 함께 찾아온 더 반가운 소식도 있다. 시절 인연인지 심곡암을 찾는 청년 불자들의 발걸음이 늘어난 것이다. 사실 갈수록 출가자도 줄고 있고, 불교 신자들 중에서도 특히 청년 불자들이 감소하고 있어 모두의 걱정이 크다. 종단 차원에서도 여러 방안을 내놓고는 있지만 생각만큼 효과가 크지 않은 모양이다. 심곡암도 나이 지긋한 노보살님들의 비중이 크고, 청년 불자들이 귀한 상황이다. 그런데 다행히도 여러 인연으로 청년 불자들이 심곡암을 찾고 있으니 얼마나 반가운 일인가. 내심 봄기운보다 더 진심으로 맞이하는 중이다.

부처님의 가르침을 듣고자 애써 가파른 산길을 오른 그네들의 해맑은 얼굴이 땀으로 반짝거린다. 차량을 이용해도 될 터인데 맑은 공기도 마실 겸 굳이 걸어서 올라왔단다. 이들이 곧 불교의 미래라고 생각하니 다행스럽고 감사한 마음이 한가득 들어찬다. 싹싹한 얼굴로 인사도 잘하고, 붙임성도 좋은 건실한 청년들이라 다른 신도 분들도 보자마자 이들을 반긴다. 특히 노보살님들은 기특해 죽겠다는 표정이 역력하다. 모습 하나하나가 얼마나 어여쁜지 보기만 해도 흐뭇하다. 덕분에 화기애애한 심곡암 분위기가 더 환해졌다.

심곡암뿐만 아니라 다른 사찰에서도 이런 좋은 소식이 많이 들려오면 좋겠다. 지금도 지역 곳곳에서 저마다의 방법으로 열심히 포교에 나서는 스님들이 계시니 차츰차츰, 한 계단씩 나아질 것이 분명하다. 조금 더 애써 주시길 마음속으로나마 빌어 본다.

봄소식과 함께 찾아온 청년 불자들의 방문에 마음이 더 들뜬다. 누가 찾아와도 반가울 이 봄날, 기다리던 이들이 찾아 주니 기쁨은 배가 된다. 늘 오는 봄이지만 요즘만 같아라, 하고 조금 욕심을 내 본다.

남녀노소 누구나, 굳이 불자가 아니더라도 편안한 마음으로 찾았다가 부처님의 가피를 더해 돌아갈 수 있는 도량. 모두를 품는 이상적인 도량을 만드는 것이 내 할 일임을 다시 한번 깨닫자, 마음이 충만해진다. 욕심 아닌 원력으로 가득!

나무 햇차보살마하살

때 이른 봄 햇살의 유혹에 못 이겨 슬며시 처소를 나서 본다. 도량을 거닐다 보니 흐르는 계곡물 소리에 맞춰 겨우내 움츠렸던 생명들이 저절로 기지개를 켜는 모습이 보인다. 굳었던 땅들도 다소 보드라워진 것 같아 마음마저 한결 포근해진다. 이미 도량 곳곳에 머무는 산속 식구들은 저마다 봄맞이 인사를 끝낸 모양. 내가 꼴찌임이 분명하다. 그동안의 무심함이 멋쩍어 늦게나마 암자 구석을 차분히 돌아보니 더 이상 겨울의 모습은 찾기 힘들었다.

봄꽃들은 도량 곳곳에 간간이 피어 있고, 대웅전 입구에 서 있

는 목련나무에도 여지없이 봄소식은 전해진 듯한데 여태 왜 몰랐
는지. 목련나무의 꽃망울이 서운함을 드러내는 듯해 다시 한번
바쁘다는 핑계로 무심했던 시간을 반성해 본다. 내친 김에 백의
관세음보살을 모신 관음굴까지 가 본다. 늘 그 자리에서 같은 모
습으로 계시는 관세음보살님께 뒤늦은 봄소식을 전하러 가는 발
걸음이 가볍다.

  차실로 돌아와 봄 설렘의 마음을 가라앉히려 물을 끓이며 차
통을 뒤지는데 어쩐지 손에 선뜻 집히는 차가 없다. 생각해 보니
남쪽에서는 요즘 연초록 햇 찻잎이 고개를 내밀 시기다. 이즈음

에는 지난해의 햇차도 묵은 차가 되어 차 맛이 덜하다. 늘 차를 가까이 하는 삶을 살다 보니 어느새 차 맛에도 눈을 뜨게 된 건지 맛을 가늠할 때가 더러 있다. 그렇다고 비싸고 좋은 차에 대한 욕심이 있는 것은 아니다. 간혹 초대받은 자리에서 귀한 고급차를 대접받을 때가 있지만 좋은 차라고 하니 감사하게 마실 뿐 별 뜻이 없다. 그저 때에 맞춰 상황에 따라 차를 고르고 마시는 행위 자체에서 즐거움을 느끼는 것이 훨씬 크다.

요즘 사찰에서는 '커피 붐'이 일어 신도들에게 원두커피를 대접하는 경우가 많아진 모양이다. 사찰에서 차 대신 커피를 마시는 모습 또한 자연스러워진지 꽤 됐다. 사찰에 카페를 두고 있는 경우도 많고 이런 변화를 신도들도 반기는 눈치다. 한번은 어느 사찰에서 직접 구입한 원두를 로스팅해서 내려 준 커피를 마셔 본 적이 있는데 과정을 보니 그 정성도 여간 대단한 것이 아니었다. 커피를 즐기지 않는 내가 마셔도 향기며 맛이 일품이었다. 신도들도 좋아하는 것 같아 심곡암에서도 그래 볼까 싶었다가 마음을 접었다. 하려면 제대로 해야 할 것 같은데 커피 공부부터 이것저것 챙길 게 많아 그 시간에 다른 일에 더 열중하자 싶어 관뒀다. 할 일이 많다는 핑계 뒤에 수고로움에 대한 게으름을 슬쩍

감추고서 말이다. 그래서 우리 심곡암을 찾는 이들에게는 아직 커피보다는 차를 대접한다. 나도 커피보다는 차를 마시는 것이 더 자연스럽다. 차에 대한 초의 스님의 유명한 싯구가 있다.

"고래성현구애다古來聖賢俱愛茶 예부터 성현들께서는 차를 좋아했나니
다여군자성무사茶如君子性無邪 차는 군자와 같아서 삿됨이 없음이다."

지극한 차 맛과 참사람은 서로의 성품을 닮았다. 찻잎의 푸른 생기를 좋아하는 사람은 그 싱그러움을 닮게 되고, 물의 맑은 기운을 좋아하게 되어 청정함을 닮게 되며, 천연의 맛을 우려내는 중도를 깨닫게 되니 그러는 사이 어느덧 거친 악취미의 경향은 자연 멀어지게 된다.

생생한 찻잎의 신선도를 충분히 살린 청靑차는 봄의 푸르고 맑은 기운으로써 정신을 쾌청하게 하고, 발효도가 깊은 노老차는 가을빛의 묵은 맛으로써 대체로 잠을 방해하지 않고 속을 편하게 한다.

곡우절이 다가옴을 느끼니 벌써 햇차 맛이 그리워진다. 곡우에 수확한 우전은 부드럽고 향과 맛이 일품이라 찾는 이들도 많다. 봄을 맞는 기분이 요란한 가운데 햇차를 기다리는 마음까지 더해져 방안 가득 푸르름이 가득하다. 나무 햇차보살마하살!

입춘대길 건양다경

봄의 시작을 알리는 입춘이 코앞이지만 아직 날씨는 겨울 속이다. 새벽녘까지도 눈이 왔다 그쳤다 하면서 추위가 쉽게 물러나지 않고 있다. 하지만 절기는 속일 수 없는 법이니 곧 한겨울바람은 온데간데없이 사라지고 봄날의 훈풍이 찾아올 터. 조급한 마음은 살포시 누르고 입춘첩을 준비한다.

입춘첩이란 입춘날 봄이 온 것을 축하하면서 기원하는 내용을 적은 글이다. 대표적으로 많이 쓰이는 것이 바로 '입춘대길 건양다경立春大吉 建陽多慶'이다. '봄이 시작되니 크게 길하고, 경사스러운 일이 많이 생기기를 기원한다'는 뜻이다. 집안에 따라 다른 내용의 입춘첩을 쓰기도 한다. 예전에는 다들 입춘첩을 대문이나 대들보에 붙여서 흔히 눈에 띄었는데 요즘은 거의 찾아보기 힘들다. 생활의 변화로 절기 자체에 의미를 두지 않다 보니 굳이 입춘첩을 써서 붙이는 일이 필요치 않아서인 듯하다.

하지만 내게는 입춘을 기억해서 입춘첩을 쓰는 일이 매해 빠뜨리지 않는 일과 중 하나다. 매년 봄을 맞이하는 소소한 준비로 입춘첩을 써서 주위에 선물하고 있다. 혹한의 겨울을 무탈하게 이겨 낸 수고와 다가올 봄에 대한 희망을 담아 부족한 솜씨나마 전하는 마음이다. 내가 좋아서 한 선물이기에 내심 받는 이가 내켜하지 않으면 어쩌나 걱정했지만, 다들 반기는 표정이라 내심 흐뭇하다.

앞으로 한두 차례 더 꽃샘추위가 있겠지만 한겨울도 지나간 듯하고, 봄이 온다는 기대 때문에 그다지 걱정스럽지는 않다. 이쯤 되니 황벽 선사의 유명한 시가 떠오른다.

불시일번한철골不是一翻寒徹骨 한 번의 뼈에 사무치는 혹
한을 겪지 않고서

쟁득매화박비향爭得梅花撲鼻香 어찌 코를 찌를 듯한 매화

향을 맡을 수 있으리

   원래 이 시의 전구前句에는 수행의 맹렬함을 경책하는 구절이
있지만, 후구後句인 이 시 구절이 보편적 인간 삶에 더 와닿는 구
절이 아닐 수 없다. 그토록 추운 겨울이 있었기에, 올해의 봄날이
더 빛날 것임을 안다.

   코로나와 더불어 힘든 겨울을 보냈으니 더 따뜻하고 평온한
봄이 되기를 기원하면서 축문을 써 본다. 부디 입춘대길 하시고
건양다경 하시길.

꽃
피
고
새
우
는
봄

산새 울음소리가 여느 때와 다르다. 아마도 북한산 여기저기 봄꽃이 피기 시작하니 산새마저 흥겨움에 취했나 보다. 하지만 현실에서의 봄은 흥겹기는커녕 고달픔의 연속이다. 코로나로 인해 여느 때와는 다른 봄을 맞이하고 있기 때문이다. 마스크 한 번 벗기 힘든 시절이니 봄이 와도 제대로 정취를 느끼기 어렵다. 흔한 꽃구경도 마음 편히 못하는 애달픈 시절이지만 모두가 함께 겪고 있는 상황이니만큼 마음 다짐을 더 여며 매어야 한다.

원래 봄이 찾아올 무렵이면 사찰에서는 '부처님오신날'을 맞이하기 위한 준비에 들어간다. 물론 큰 절에서는 훨씬 그 이전부터

대대적인 준비를 하는 경우도 있다. 그래서 꽃봉오리가 터지고, 녹음이 짙어지면 부처님오신날이 가까워진다는 뜻이기도 한데 올해는 이마저도 특수한 상황에 처했다. 당연히 코로나가 이유였다. 확진자 수가 늘어나는 판국에 많은 이들이 함께하는 거리 행사는 치르지 못할 것이라 일찌감치 마음을 접기는 했지만, 봉축법요식마저 축소되고 거기에 한 달 뒤로 연기되는 상황으로 악화됐다. 올해가 윤달이 든 것이 다행이라면 다행이다. 부처님마저 깜짝 놀랄 초유의 사태를 겪다 보니 이게 꿈인지 생시인지 헷갈릴 정도다. 얼굴 보는 스님들마다 처음 겪는 상황에 "살다 보니 이런 일도 있구나." 하고 탄식을 내뱉는 것이 일상이다.

아쉬운 것은 아쉬운 대로 정리하고, 상황에 맞게 준비는 해야지 싶어 심곡암에도, 원각사 법당 안에도 자비의 등을 곱게 만들어 달았다. 예전 이맘때 같으면 삼삼오오 모여서 등도 만들고, 나들이 겸 찾는 이들도 많아서 사찰마다 떠들썩했을 텐데 이젠 그마저도 구경하기 힘들다. 전국의 다른 사찰 대부분이 그런 상황이라니 어느 때보다 마음이 씁쓸하다.

막 출가해서 부처님오신날을 준비할 때는 틈만 나면 연등을

만드느라 손가락에 색색의 물이 들 정도였다. 그래도 수십, 수백, 수천 개의 오색 창연한 연등이 봄바람을 따라 물결칠 때면 그 모습이 너무 고와서 수고로움이 한순간에 사라질 정도였다. 어찌 보면 화사한 봄꽃보다도 더 빛이 났다. 그뿐인가. 크고 작은 제등 행렬은 또 얼마나 많은 이들의 눈길을 끌었는지 말할 것도 없다. 꼭 불자가 아니더라도 축제의 한 마당에서 모두가 함께 즐겼던 소중한 시간이었는데 앞으로 그런 날이 다시 오려면 얼마나 더 기다려야 할까. 우리부터가 이렇게 조심하고 있으니 코로나가 생기기 이전으로 돌아갈 날이 더 빨라지기만 바랄 뿐이다.

갑자기 등장한 바이러스 하나가 우리를, 전 세계 모두를 괴롭

히는구나 싶어 쓴 입맛만 다신다. 그래도 여전히 꽃 피고 새 우는 봄이 왔으니 그나마 위안을 삼자. 좋은 것도 덧없어 아쉬울 일이 되지만, 굳은 것도 무상하여 지나가기 마련이고 새 활로가 열릴 것이니!

생일날에는

내 생일은 입춘이 지나고 얼마 후다. 잔설 위로 춘설이 하얗게 내리던 어릴 적 그날에는 어머님이 날 위해 백설기를 찌고 미역국을 끓여 주시던 기억이 있다. 열아홉에 출가한 후에는 누가 알리도 없고, 굳이 챙기지도 않는 날이 됐지만 가끔은 어릴 적 어머님의 미역국이 생각나기도 한다.

그동안 출가자는 '출가한 날'이 진정한 생일이라는 생각에 낙엽 지는 어느 가을날을 생일로 여기며 살았다. 그런데 어느 정도 세월이 지나자 누군가 속가 생일을 알게 되었고, 어느 순간부터 조촐한 미역국이 나의 공양 상에 차려지는 호사를 얻었다. 더불어 "생일날 미역국이 차려진 밥상은 내가 아닌 나를 낳느라 고생하신 어머님이 받아야 한다."는 속 깊은 이야기도 전해 들었다. 그 후로 깨달은 바가 있어 생일날에는 속가의 어머니에게 전화로 안부를 묻고는 한다. "무탈하고 건강하게 잘 낳아 주셔서 감사합니다." 하는 인사와 함께.

사실 출가 이후로 이십여 년 동안은 수행에 대한 각별한 각오로 속가의 부모님과도 연락을 끊고 살았다. 출가한 수행자는 윤회의 고리를 끊고 출세간出世間적 삶을 살아야 한다는 어른 스님의 가르침도 있었다. 스스로 모든 인연을 정리하고 단절된 삶을 사는 것이 출가자의 할 일이라고 생각했다. 그런데 어느덧 세속에서 살았던 시간보다 출가 후의 시간이 갑절을 뛰어넘는 세월이 흐르다 보니 마음에도 변화가 생겼다. 연로한 부모님이 무슨 죄인가 하는 마음과 너무 모질게 인연을 정리하고 살아가는 것도 아니다 싶어 생일 즈음엔 그렇게 안부를 묻고 있다.

주변에 생일을 남다르게 보내는 노老보살님이 계신다. 우연히 그분의 특별한 생일 이야기를 듣고 난 후에 나에게도 변화가 생겼다. 그분은 칠순 때도 자식들에게 미리 '잔치'는 하지 않을 예정이니 괜히 신경 쓸 필요 없다면서 대신 준비한 비용을 다른 데 쓰자고 했다. 다름 아닌 티베트 오지의 어렵고 힘든 사람들을 위해 옷가지며 생필품을 구매해서 보낸 것이다. 가족, 친지들과 좋은 시간을 보내는 것도 의미 있지만 그것보다 늘 마음에 담고 있던 선행을 베풀고 싶어 하셨다. 자녀들도 흔쾌히 뜻을 따랐다. 평소의 온화한 성품처럼 따뜻한 마음으로 세상을 볼 줄 아는 분이다.

부끄럽지만 그 얘기를 듣고 나도 몇 해 전부터는 생일날 어렵고 배고픈 이들을 위한 '대중공양'을 하고 있다. 노보살님이 지금껏 받기만 하던 생일 대신 회향하는 생일이 되게끔 계기를 만들어 주신 셈이다. 이렇게 뒤늦게나마 철이 들어가나 보다.

오늘내일 즈음이 생일인지 어찌 알고 제자들과 불자들이 챙기는 눈치다. 출가하여 깨달은 바도 많지만 아직은 부족한 덕성에 생일을 받아도 되는가 싶어 부끄럽기도 하면서 예전과 지금의 달라진 내 생애를 생각하며 격세지감을 느낀다.

다소 부끄러움을 덜어 내려 원각사 노인 무료급식에 생일 기념 공양을 내기로 했다. 미처 생각지도 못한 일이었는데 고마운 인연으로 인한 깨달음에서 하기로 한 일이니 공은 그쪽으로 돌려야겠다.

봄이 오는 소리와 함께 한 생명이 태어나 바라보는 세상, 그 세상이 평온해지길 기도한다.

구절초

구절초를 바라봅니다
한 계절을 접어 거두며
차분하면서도 선명한 연보랏빛
그 꽃떨기를 바라보면서
어떻게 살아야 하는가의
이야기를 꽃빛으로 듣습니다
바람이 서글프게 흔들어 대어도
빛깔은 여여하고 초연합니다
사는 것은
이대로 견뎌내는 무심빛이기에
빛깔은 지녔으되 눈빛 개인 빛입니다
이리 세월 보내다 지키다
서리라도 내리면 굳건히 하늘빛이 됩니다

그리, 차분한 연보랏빛 삶은 하늘빛이 됩니다

여름

심곡 일지 2

심곡암에 대나무 숲이 너무 우거져 빗살 사이로 볼 수 있었던 경치를 가리게 되었다. 평소 즐겨 보던 경치를 못 보게 되니 아쉬움이 컸다. 며칠 뜸을 들이다가 마음먹고 전지 작업을 했더니 다시 시야가 환하게 트였다. 답답했던 마음도 한결 풀렸다. 밀밀한 대나무 가지들도 한데로 부대끼지 않아 여유로워 보였다.

긴 가뭄이 끝나고 장마가 시작되자마자 암자 주변 수풀들도 하루가 다르게 쑥쑥 자라고 있다. 밤사이 쉬지도 않고 몸집을 불려 간다. 생명이란 이런 것인가. 하찮은 잡초 한 포기도 어떻게든 살아남고자 애를 쓴다. 하지만 질긴 수풀의 생명력도 부담스러운

때이다. 이 시절이 그렇다. 그네들은 열심히 할 일을 하고 있지만, 이러다 작은 암자가 온갖 무성한 수풀에 폭 가려질까 조바심이 난다.

있는 그대로의 자연이 최고임은 알고 있지만, 더불어 살아가야 하는 입장에서 정돈되지 않은 자연은 힘들다. 특히나 한 공간을 공유하는 상황이면 더 그렇다. 때에 따라 사람의 손이 적당히 가야지, 무대책으로 내버려 뒀다가는 불편하기 짝이 없다. 자연의 산물인 인간이란 존재는 천연 자연이라기보다는 스스로 개발해 가고 조절해 갈 줄 아는 인공 자연 생물임이 분명하다. 그런 입장에서 환경 운동의 보존이냐 개발이냐의 최적 접점을 찾기란 너무나 어려운 일인 듯하다. 매년 여름. 이 작은 암자에서도 자연과 인간의 경계가 조심스러워지는 계절이다.

배운다
바위틈 들꽃에게서

한여름의 열기가 해 질 녘 산그늘과 더불어 가시기 시작하면 산 내음도 짙어진다. 한낮 동안 태양의 강렬한 에너지를 한껏 들이 마신 온갖 생명체들이 비로소 가쁜 숨을 내려놓는다. 심곡암 곳 곳에 피어 있는 꽃들도, 작은 텃밭에 심어 놓은 각종 채소들도 느긋이 저마다의 모습으로 반짝이고 있다. 그저 땅에 심기만 했 을 뿐인데 알아서 저리 잘 자라는 걸 보고 있자면 새삼 생명의 신비가 느껴진다.

무엇을 키운다는 건 어찌 보면 인내심을 갖고 지켜보는 것이 우선이다. 스스로가 자생력을 발휘할 수 있도록 지켜보다 예기치 않은 어려움이 닥쳤을 때 잘 극복할 수 있을 정도로만 도와주는 것. 그것이 최선의 방법이다. 그래야 스스로 살아남는 법을 터득한다. 모든 생명체를 키울 때, 특히 자녀를 키우는 부모도 그렇다. 온갖 보살핌 속에서 자란 온실 속의 화초보다 어느 바위틈을 비집고 자라난 들꽃이 더 강인한 것처럼 말이다.

가끔 주변을 보면 부모들의 지나친 관심과 개입이 문제를 일으키는 경우가 적지 않다. 자녀의 모든 것을 본인 뜻대로 좌지우지하려는 부모 밑에서 자란 아이들은 스스로 할 수 있는 게 없다. 부모의 뜻을 잘 따르는 착한 모범생은 될 수 있어도 한 인간으로 굳건히 살기에는 근기가 부족하다. 고난이 닥쳐도 헤쳐 나갈 힘이 없다. 어떻게 문제를 해결해야 하는지 스스로 고민해 본 적이 없으니, 어쩌면 당연한 일이다.

그러다 간혹 뒤늦게 부모의 뜻에 반기라도 들게 되었을 때 일어나는 갈등은 상상 초월이다. 하고 싶은 공부가 있었지만 부모의 뜻과 강요에 따라 다른 길을 선택한 학생이 있었다. 그 부모는 항상 공부 잘하고 자신들의 뜻에 잘 따르는 자식을 자랑하기에 여념이 없었다. 하지만 자식은 부모의 뜻에 따라 선택한 대학 공부가 도저히 적성에 맞지 않자 몰래 학교를 그만두고 다른 길을 가다 들통이 났다. 믿었던 자식에 대한 배신감에 당황한 부모는 모진 말을 쏟아 냈고 결국 자식과는 얼굴도 안 보는 사이가 됐다. 끝까지 자신을 이해하려 하기보다 본인들의 뜻만 강요하는 부모에게 실망하고 지친 자식 또한 발길을 끊었다. 서로 아끼면서 보고 살아도 모자란 인생에 굳이 가장 소중한 사람들끼리 마음의 상처를 주고받을 필요가 있을까. 다른 그 무엇보다 존재 자체만으로 든든한 사이가 멀어지는 건 그만큼 더 가슴 아픈 법이다.

자식을 사랑하는 마음, 걱정하는 마음도 너무 지나치면 무심함만 못할 수 있다. 아이들은 우리 생각보다 훨씬 강하고 스스로 해낼 수 있는 능력을 타고났다. 저 단단한 바위틈 사이로 고개를 내미는 여린 들꽃처럼 말이다.

한여름 밤의 보름달

산중에 살다 보면 가끔 뜻하지 않은 호사를 누릴 때가 있다. 비록 서울 도심 속의 산중이기는 하지만 혼자 만끽하기에 아까울 정도로 멋진 풍경이 그려지는 날이 있다. 오늘처럼 달빛이 가득한 밤이 그렇다. 그저 매일 뜨는 달과는 다른 신비로움마저 감도는 것이 묘한 분위기를 자아낸다.

이런 날은 방 안의 불을 모두 끄고 오롯이 달빛만으로 곳곳을 채운다. 문명의 불빛이 사라지고 찾아온 적적함이 달빛을 더욱 빛나게 한다. 고요히 그 빛을 보고 있노라면 혼탁했던 머릿속도 차분히 정리된다.

만월의 달빛을 방 안에서만 즐기기에는 다소 아쉬움이 남아서 조용히 문을 열고 나왔다. 작은 암자의 작은 들꽃도 주인을 닮은 냥 달빛 바라기가 되어 있다. 흐르는 물소리를 음악 삼아 달빛이 머문 작은 뜰을 걷는다. 여름날의 뜨거운 열기마저 식혀 주는 이 작은 암자에 자리 잡기를 백번 잘했다는 생각이 새삼 든다. 여기서 무언가를 더 바란다면 욕심일 뿐. 이대로 충분하다.

그렇게 오늘은 한여름 밤의 향기까지 더해진 보름달과 둘도 없는 친구가 되었다.

승소가 피던 날

암자에 살다 보면 혼자 끼니를 해결해야 될 때가 있다. 그럴 때 가장 쉽게 할 수 있는 요리는 남은 반찬을 모두 넣고 비벼서 먹는 비빔밥과 라면이다. 굳이 요리라고 이름 붙이기도 무안하지만 간단하게 한 끼를 해결할 수 있어 자주 해 먹는다. 있는 반찬을 꺼내서 차려 먹어도 되지만 번거롭기도 하고, 게으름에 대충 먹자 싶어 늘 그렇다.

오늘은 간만에 국수를 먹기로 했다. 맛있게 익은 열무김치가 생각나 국수를 말아 먹으면 제격이다 싶었다. 열무는 '여린 무'를 뜻하는데 덜 자라서인지 질기지 않고 사각거리면서 감칠맛이 난다. 시원한 성질도 있어서 여름철 김치로 그만이다. 암자 한 켠 작은 텃밭을 개간해서 손수 키운 열무김치가 국수에 더해지니 그야말로 최상의 조합이다. 약을 안 쳐서 키우다 보니 벌레가 잎을 갉아 먹어서 겉보기엔 좀 그럴지 몰라도 무공해라 그런지 맛은 깊다.

얼음을 동동 띄운 열무국수를 생각하니 입맛이 돌아 서둘러 물을 올렸다. 오랜만에 삶아 보는 국수라 조금 낯설긴 했지만 하다 보니 예전의 기억이 살아났다. 출가하고 큰 절에서 살던 시절, 국수를 자주 해 먹어서 나름 국수 삶는 비법을 알고 있다. 물이 끓을 때 국수를 넣고 삶다가 물이 끓어오르면 다시 찬물을 붓고 삶는데, 그렇게 해야 면발이 탱글탱글하고 쫄깃해진다. 내가 터득한 비법 아닌 비법이다. 국수 가락 만드는 기술이 발전한 건지, 원체 나의 국수 삶는 실력이 좋은 탓인지 대충 손대중 눈대중으로 찬물에서 건져 입에 넣은 국수 한 가닥이 그렇게 찰지고 고소할 수가 없다.

대부분의 스님들은 국수를 정말 좋아한다. 그래서인지 예부터 절집에서는 국수 공양이 나오면 스님들이 좋아서 웃는다 하여

'승소僧笑'라 했다. 화려한 고명이나 특별한 국물 없이 간장만 곁들여도 맛이 있다. 그 자체로 담박한 맛을 내는 것이 절 살림에도 잘 어울리는 음식이다. '담박함' 하니 송나라 시인 구양수歐陽修의 싯구가 생각난다.

"세상은 참으로 맵고 짜구나世好竟辛鹹.
옛 맛은 역시 담박이 으뜸이라古味殊淡泊."

체에 받쳐 물기를 뺀 후 넉넉한 함지 그릇에 담고 열무김치와 얼음 띄운 김치 국물을 부었더니 모양도 그럴싸하다. 역시 여름철 별미는 '열무국수'다. 한여름 산그늘 질 무렵 돗자리를 깔고 산바람을 맞이하면서 먹는 열무국수 한 그릇. 한 끼 공양으로 더할 나위 없다.

오늘 저녁은 승소라는 국수를 먹었으니 이름값만큼 적이 웃어 볼 일이다. 솔바람과 함께!

방아잎

나이가 들어갈수록 어려서 먹었던 음식들이 생각난다. 별것 아
닌, 어찌 보면 초라한 음식인데도 다른 어떤 화려한 음식보다 귀
히 여겨질 때가 있다. 얼마 전에 지인의 시골집에서 '방아잎 장떡'
을 대접받았다. 오랜만에 잊었던 고향의 맛이 떠오르는 반가운
밥상이었다. 요즘 구하기 힘든 방아를 어떻게 구했냐고 물으니,
우연히 들에서 발견한 것을 캐다가 마당 한쪽에 심었단다. 생각
보다 잘 자라서 심심찮게 입맛을 돋우는 반찬거리가 된다는 지
인의 말에 덥석 한 포기 달라는 말이 목구멍까지 올라왔지만 애
써 주워 담았다. 괜한 것에 집착한다 싶어 속으로 부끄러운 생각
이 들었다.

며칠 전에도 추석 인사차 간송미술관에 계시는 최완수 선생님께 인사를 마치고 나오는데 마당 주차장 한 귀퉁이에 있는 방아잎을 발견했다. 반가운 마음에 저도 모르게 "방아잎이네요!" 했더니 당신께서도 어느 곳에서 옮겨 왔다 하시기에 한 포기 얻어 갈 수 있냐는 말을 또 차마 꺼내지 못하고 떠나왔다. 일전과 마찬가지로 요즘 내가 왜 이리 소소한 것에 집착을 하나 싶은 것이, 내심 부끄러운 마음만 두 배가 되어 돌아섰다.

생각해 보니 예전에는 눈에 들어오지 않던 것들에 갈수록 눈길이 간다. 몇 년째 수곽 옆을 무심히 지키고 있던 맨드라미에도 새삼스레 눈길이 가고, 장독대 밑 채송화에도 발길이 멈춘다. 모두 어려서 눈에 익었던 것들이다. 먹거리도 마찬가지다. 삼시 세끼 별 다를 게 없는 절밥에도 불만이 없다가 간혹 어릴 적 먹었던 음식들이 먹고 싶을 때가 있다. 그 시절이 그리운 것인지, 진정 그 음식들이 그리운 것인지 가끔은 나도 헷갈린다.

간절한 마음이 하늘에 닿았는지 오늘은 심곡암 관음굴 기도를 마치고 돌아오는 길에 채전밭에서 그 반가운 방아잎을 만났다. 그것도 세 포기씩이나. 뜻밖의 횡재에 입이 절로 귀에 걸렸다.

누구라도 혼자 헤헤거리며 방아잎 냄새를 맡는 내 모습을 봤으면 딱 이상한 사람으로 오해하기 좋았을 터. 이럴 때는 오가는 이 드문 산속 암자에 사는 것이 다행이다 싶다.

혹시나 싶어 연거푸 방아의 짙은 향내를 확인하고서야 담장 밑으로 옮겨 심었다. 물도 듬뿍 주었다. 조금씩 생기를 찾는 방아를 보고 있으니 이리 행복할 수가 없다가 살짝 반성도 했다. 저것이 뭐라고 집착을 거듭하고 욕심을 냈는지…. 아직도 물욕에서 자유롭지 못하구나. 생각은 그리 해 놓고서도 이제야 비로소 방아잎 장떡을 먹어 보겠다 싶어 입맛을 다신다.

정취로 사는 우리네는 이러한 소소한 것들에 마음이 피고 진다.

가을

심곡
일지
3

 계절의 여왕은 봄이라지만 내 생각에는 가을도 결코 뒤지지 않는다. 파릇한 생동감이 물씬한 것이 봄의 매력이라면, 가을은 깊이 있는 성숙함이 매력이랄까. 서늘함이 묻어나는 가을바람과 함께 단풍까지 물들면 눈도 마음도 헤어 나오기 힘들다.

 자연이 내뿜는 아름다움은 말로 다 할 수가 없다. 북한산 자락을 물들이고 있는 단풍을 보면 어쩌면 저렇게 오묘한 색을 만들어 내는지 새삼 감탄스럽다. 역시 인간은 결코 따라갈 수 없는 절묘하고 신성한 능력이 있음을 인정할 수밖에 없다. 일부러 단풍 구경을 가지 않아도 고개만 돌리면 그 모든 풍경을 한눈에 담을 수 있는 이곳에 머무는 것이 행복하다.

심곡암에서는 해마다 봄이면 산꽃 축제를, 가을에는 단풍 축제와 함께 '산사음악회'를 연다. 그렇게 한 지 벌써 이십삼 년이 흘렀다. 어찌 보면 북한산 자락의 작은 절 심곡암이 나름 이름을 알릴 수 있었던 것도, 많은 사람들이 찾아올 수 있었던 것도 산사음악회의 공이 크다. 소박한 마음으로 부처님의 도량을 찾는 이들과 즐거움을 함께 나누고자 했던 염원이 통한 것이다. 하지만 산사음악회가 성공할 수 있었던 또 다른 배경에는 계절마다 멋진 무대 효과를 연출해 준 자연의 역할이 컸다. 인위적인 것과는 비교도 안 될 만큼 멋진 풍경을 만들어 주는 자연이 있었기에 산사음악회의 분위기는 항상 최고였다.

매년 가을, 심곡암에서는 단풍 축제 준비가 한창이다. 무대를 빛내 줄 이들은 물론 무대 뒤에서 애써 줄 이들 역시 그날을 위한 준비로 마음이 바쁘다. 북한산에 자리한 각양각색의 나무들 역시 산사음악회의 한 역할을 위해 오늘도 열심히 멋진 단풍들을 수놓고 있다.

겨울

눈 구경하기 힘든 겨울인가 싶더니 그 말이 무색하게 함박눈이 내렸다. 눈이 안 올 때는 겨울 느낌도 안 나는 것이 좀 아쉬웠는데 막상 눈이 내리자 아쉬움은 곧 걱정으로 변했다. 잠깐 눈이 오다 그치면 별 탈이 없는데 반나절 넘게 함박눈이 내리다 보니 작은 암자 여기저기가 신경 쓰이기 시작했기 때문이다. 게다가 기도를 마치고 돌아갈 신도들이 눈길을 헤치고 갈 생각을 하니 걱정은 두 배, 세 배가 된다.

심곡암은 북한산 자락에서도 깊은 골짜기 끝 쪽에 자리 잡고 있어 걸어 다니기 쉬운 편이 아니다. 오르막도 있고 포장도 안 되

144

어 있어 만만하게 생각하고 올랐다가는 큰 숨을 몰아쉴 수도 있다. 그래서 연세가 좀 있는 분들은 건강에 무리가 갈까 싶어 가급적 차량을 이용하라고 말씀을 드리는데, 오늘처럼 눈이 쌓여 빙판이 되면 차량도 다니기가 힘들다. 좁고 미끄러운 산길로 차량이 오가게 되면 더 위험한 경우가 생길 수 있어 운행을 안 한다. 아니 못한다는 말이 맞다. 어서 눈이 그치고 잠깐의 햇살이라도 비쳐 쌓인 눈이 녹기만을 바랄 수밖에. 그래서 심곡암의 겨울은 유독 특별한 작심을 하며 맞이하는 계절이 된다.

점심 공양으로 나온 김치가 맛있어서 밥 한 공기를 뚝딱 비웠다. 한 달 전쯤 공양주 보살과 신도들이 의기투합해서 만든 김장 김치다. 시원하면서 깔끔한 맛이 그만이다. 사찰 김장은 일반 가정의 김장과 다르다. 오신채를 멀리하기 때문에 마늘이나 파, 부추 같은 양념을 쓰지 않고 비린 맛의 젓갈도 안 넣는다. 기껏해야 찹쌀 풀과 과일 조금, 사정에 따라 청각이나 다시마 육수 정도가 들어간다. 거기다 정성 어린 손맛을 더하는 걸로 끝이다. 그래서 배추, 무, 소금 같은 재료 본연의 맛을 잘 살리는 것이 중요하다. 이상한 건 북한산 물맛이 좋아서인지, 공기가 좋아서인지 먹는 이들마다 김치가 맛있단다. 온갖 양념을 버무려 담은 본인들 김치보다 맛있다고 하니 내가 모르는 비법이 있는 것은 아닌지 가끔 궁금할 때가 있다.

출가한 지 얼마 되지 않아 큰 절에서 김장을 할 때는 여러 번 놀랐다. 김장 규모에 놀라고, 그 힘든 김장을 준비부터 마무리까지 척척 해내는 실력에 놀라고, 마지막으로 그 맛에 놀랐다. 지금보다 더 들어간 양념이 없었는데도 한겨울 먹는 김장김치 맛은 일품이었다. 더욱이 살얼음 동동 뜬 동치미 국물은 지금도 가끔 생각날 때가 있을 정도다.

추운 날씨 탓에 눈이 내리는 날의 심곡암은 고요하고 차분하다. 아니, 다른 어느 계절보다 겨울의 심곡암은 고즈넉하다. 마치 한 폭의 조용한 그림 같기도 하다. 보는 그 자체로도 절경이지만 때로는 그 적막함을 깨워 주는 이들의 방문이 반갑기 그지없다. 역시 사람들의 말소리, 웃음소리 같은 온기가 더해져야 비로소 사람 사는 곳 같다.

그렇게 이 이야기, 저 이야기 나누면서 눈이 그치기를 기다려 본다. 거기에 더해 한 줄기 햇살이라도 드리워져 기도를 마치고

절을 내려가는 이들이 별 탈 없기를 기도한다.

추위를 무릅쓰고 심곡암에 올라온 이들에게 따뜻한 차 한 잔 더 내어 줘야겠다.

첫눈 오는 날 밤

　고요한 겨울밤 때마침 소곤소곤 싸락눈이 내립니다.

　이렇듯 겨울이 주는 적막감이 좋아 혼자 첫눈 오는 밤을 지킵니다.

　마음까지 차분해지는 이 시간이 더디 가길 빌면서요.

　심곡암에도 겨울의 서막이 시작되나 봅니다.

　김장을 하는 며칠 사이 흰 눈이 내리고, 냉기에 손발이 시려 오니 월동 준비가 필요할 테지요.

　저마다 겨울을 맞이하는 모습은 다를 터.

　숨죽이며 하는 기도 속에 더 열심히 자신을 돌아보는 일이 나름의 겨울나기입니다.

흰 눈 내리는 밤은 불 꺼진 방 안마저 환하게 만듭니다.

그 하얀 빛이 스며드는 창가를 보니

한겨울에도 푸르른 대나무 잎에 살포시 내려앉은 하얀 눈이 청정함을 더하고

눈 오는 날의 설렘 때문에 쉽게 잠을 이루지 못합니다.

어쩜 저리 맑은 빛을 지녔는지 때 묻지 않은 고결함이 그윽합니다.

이제는 무뎌졌다 생각했는데

새로운 자연의 빛과 소리에는 그만 마음이 흔들리네요.

머리는 희어도 마음은 희지 않다는 옛 고인의 말이 더불어 와 닿는 밤입니다.

가끔 하얀 눈이 세상을 덮는 까닭은

묵은 것들을 백지처럼 지우고 새롭게 시작하라는 자연의 메시지일까요.

'일신일신우일신日新日新又一新'이란 말처럼

늘 새롭고 새로워지려 합니다.

잊을 것은 잊고, 버릴 것은 버리는 준비의 시간.

어린아이처럼 해맑은 순수함과 마음의 열림으로, 그리고 첫눈의 고결함으로

모두의 마음도 다시금 새로워지길 빌어 봅니다.

조금 슬프고 힘든 일이 있더라도

털어 내기 어려운 아쉬움이 남더라도

별것 아닌 척 뒤돌아서서

눈물 한 방울, 천진한 웃음으로 훔쳐 내면 좋을 일입니다.

어차피 삶은 지나가는 것인데 희로애락이 한낮 꿈이려니 생각하면

마음의 고달픔쯤이야 묻으면 그만이겠죠.

도가 높아지면 천진하다는 뜻의 '도고천진 道高天眞'이란 말이 존재하는 까닭이 그런 게 아니겠습니까.

순백의 신심

지난밤부터 계속되는 눈 때문에 깊은 산골 심곡암에 이르는 길이 하얗게 덮여 버렸다. 가뜩이나 가파른 산길인데 쌓인 눈 때문에 누구라도 다닐 엄두가 나지 않을 정도다. 눈 오는 겨울 풍경은 감상하기엔 멋지지만 실제 생활에서는 반갑지 않은 손님이다. 특히나 이런 산골에서는 더더욱 불청객에 불과하다. 폭설에 대비하는 손만 바빠지고, 눈이 단단히 쌓일 경우 피해를 입을 수도 있어 마음이 편치 않다.

언제쯤 눈이 그치고 녹을지 마음에 근심이 한가득인데 반가운 얼굴이 심곡암을 찾았다. 바로 여여심 보살님이다. 백 일을 기약하고 오르는 걸 모르는 바는 아니지만, 그래도 이런 날씨를 무릅쓰고 올 줄은 몰랐다. 여여심 보살님의 뜨거운 신심에는 폭설조차 아무 걸림돌이 아니었나 보다. 그 누구의 발길도 닿지 않았을 순백의 눈길을 헤치고 올라온 보살님의 얼굴이 하얀 눈만큼이나 순결하고 경이로워 보였다. 마치 무소의 뿔처럼 비가 오나 눈이 오나 하루도 거르는 일 없이 오르는 발걸음을 누가 당해 내랴.

평소에는 나이 드신 보살님들과 신도들을 위해 산 아래에서 암자 입구까지 차편을 운행하고 있다. 등산 삼아 걸어 올라오는 경우도 있지만 오르기 만만한 길은 아니다. 그래서 더욱이 나이 드신 분들은 차량을 이용하라고 권한다. 부처님께 기도하러 왔다가 행여 어디라도 다치거나 아프거나 한 분들께는 '안 오느니만 못하다'며 간혹 잔소리도 듣는다. 하지만 이런 날씨에는 찾는 이도 없을뿐더러 차량 운행이 불가해 부득이 걸어서 오고 가야 한다. 그 불편함을 무릅쓰고 추위를 가르며 거친 길을 올라온 모습이 안쓰러워 나름대로 위안의 말을 건네 보았다.

하지만 돌아온 답은 역시나 여여심 보살님다웠다. 보살님은 오히려 '감사할 일'이란다. 나름 옛날 생각하면서 쌓인 눈 위로 발

자국을 만들면서 오는 것도 즐거웠고, 가파른 산길 오르며 들이
마신 상쾌한 산내음도 달콤하기만 했단다. 편하게 차편을 이용하
며 느끼는 산 내음과, 온몸으로 느끼는 산 내음은 차원이 다르다
고. 그뿐일까. 한동안 여여심 보살님의 눈길 속 산행 예찬은 계속
되었다. 힘들게 올라와서 마시는 심곡암 돌샘물 맛은 비교할 바
가 없으며, 오는 걸음 내내 '관세음보살님'을 부를 수 있어 가슴
이 한껏 충만했단다. 자칫 고생스럽다는 생각이 들 법도 한데 전
혀 그런 내색이 없다. 어쩌나 천진한 미소로 이야기를 하던지 순

간 저절로 "관세음보살님!"이 나왔다. 저런 지극정성의 마음을 누군들 모른 척할 수 있을까.

평소에도 긍정적이고 밝은 모습인데 거기에 어린아이 같은 순수함까지 더해진 천진난만의 미소 보살 여여심 보살님. 심성이 맑은 사람은 주위까지 따뜻하게 만든다더니 바로 그러한 이가 여여심 보살님이다.

순백의 길을 밟으며 되돌아가는 보살님의 모습 속에서 흡사 백의관음보살님이 나투었다 사라지는 듯했다.

해
맞
이

편
지

흰 눈이 살포시 내리는 날입니다. 올해의 시작은 이렇듯 순백의
꽃을 밟고서 오나 봅니다. 한 해의 끝을 잘 마무리하고 새로운
마음으로 새해를 맞이하라는 하늘의 선물 같기도 합니다. 가는
해는 늘 아쉬움이 남지요. 하지만 그만큼 새해에 거는 기대와 희
망도 커집니다. 새로운 각오를 다지고, 목표를 세우고 그렇게 새
해를 맞이합니다.

누구에게나 그렇겠지만 저 역시 지난 한 해는 다사다난했습니
다. 기쁜 일, 슬픈 일이 함께 왔고, 힘든 상황도 있었습니다. 하지
만 큰 탈 없이 무사히 지나갔음에 감사하면서 조용히 새해의 각

오를 다져 봅니다. 올해만큼은 세운 계획을 제대로 실천하리라 마음먹고 있습니다. 그러려면 또 부지런히 움직여야겠지요.

흰 눈 오는 새해 첫날, 흰 떡국 한 그릇에 살얼음 동동 띄운 동치미 한 대접을 곁들여 먹습니다. 이 정도면 새해를 맞는 한 끼로 충분합니다. 차갑고 뜨거운 것은 상극이라지만 따뜻한 떡국과 시원한 동치미는 제법 잘 어울리는 음식입니다. 살얼음 띄운 동치미 국물 한 숟가락을 입안에 넣으면 개운하면서도 깔끔한 것이 그만입니다. 머릿속까지 상쾌해지는 맛, 바로 이 맛입니다.

우리 선조들은 몸과 마음을 깨끗하게 하고 한 해를 시작하자는 의미에서 흰 떡을 넣어 끓인 떡국을 먹었습니다. 그렇게 떡국은 나름의 철학이 담긴 음식입니다. 떡국뿐만 아니라 동지에 먹는 팥죽, 단오에 먹는 수리취떡 등 때마다 먹었던 음식에는 모두 그 나름의 의미가 담겨 있습니다. 음식을 대하는 선조들의 지혜이지요. 어쩌면 음식 하나하나에도 그리 현명한 생각을 곁들였는지 알수록 감탄이 나옵니다.

코로나로 인해 모든 것이 멈추었습니다. 누군들 이런 세상이 이렇게 급작스럽게 찾아올 거라고 상상이나 했을까요? 거의 모든 인간관계와 사회 활동에 제약을 받다 보니, 사람들은 소중한 나날을 잃고 말았습니다. 그나마 다행인 것은 기술과 문명의 발달이 최소한의 소통은 가능하게 했다는 겁니다. 비록 직접 마주하지는 못해도, 스마트폰으로 손쉽게 얼굴을 볼 수 있고 목소리를 들을 수 있어 다행이었습니다. 어느덧 그렇게 소식을 전하는 것이 일상이 되었습니다. 물론 그만큼 더 스마트폰 같은 기기에 의지할 수밖에 없는 상황이 되었지만요.

'위기가 기회'라는 말처럼 이번 코로나를 극복하고 나면 모든 것이 더 나아지고 굳건해질 거라 믿습니다. 고초를 겪고 자란 잡초일수록 더 강인한 생명력을 지녔듯이, 인류도 고난을 통해 새로운 발전을 거듭하겠지요. 우리도 희망을 버리지 말고 자신의 자리에서 새로운 꿈을 키우고 정진해야겠습니다. 잃어버린 시간 동안 놓쳐 버린 많은 계획들과 다짐을 다시금 새롭게 가다듬으며 조금씩 나아가는 사람이 되도록 말입니다.

산 품

푸른 산자락
나의 옷깃

향기로운 바람결
나의 숨결

신선의 호흡
따로이 배울 것 없어
바람이 달아서
더욱 깊어지는 호흡

그 누구의 그리움보다도
더 깊은 애정으로
산 품을 떠날 수 없는 천성

산은 늘 말없이도

노래를 주고 향기를 주고 마음을 주고

그런 산이 좋아

산에 산다

저마다 다르다 인연의 시간은

이 세상에 혼자 왔다 혼자 가는 사람은 없다. 부모 자식의 인연으로 만나고, 형제의 인연으로 함께하며 살아가는 사람들이 대부분이다. 요즘은 자녀도 많이 낳지 않는 추세라 외동도 있고, 형제도 단출한 경우가 많지만 예전에는 한 상에 숟가락을 다 놓기가 힘들 정도로 가족 수가 많았다. 그러다 보니 가지 많은 나무에 바람 잘 날 없다고, 하루하루 조용할 날이 거의 없었다. 형제간에도 티격태격하면서 미운 정 고운 정이 다 들었다. 그렇게 시끌벅적 하던 집안이 차츰 조용해질 때쯤이면 부모님은 이미 연로한 노인이 되어 있고, 형제들은 뿔뿔이 흩어져 저마다 살기 바빴다.

부모, 형제들과 함께 살 때는 그 시간이 마냥 계속될 것처럼 생각된다. 하지만 나중에서야 그 시절이 인생에 있어 그저 지나간 한때였구나 깨닫게 된다. 같은 부모를 둔 형제라도 그 인연의 시간이 저마다 다르고, 어떻게 흘러갈지 짐작조차 못 한다. 지금에서야 돌아보건대 우리 형제들의 삶이, 부모와의 인연이 이렇게 될 줄을 상상이나 했을까.

　객지로 나가 사업을 하셨던 부모님이 늘 바쁘셨던 관계로 조부모님 품에서 십여 년을 자라온 나는 유년 시절이 딱히 외롭지는 않았다. 엄마보다 더 엄마 같았던 할머니를 나는 엄마로 생각하며 따랐다. 그 시절 깊은 정이 들어서인지 나이가 들어가는 지금도 할머니가 종종 생각난다. 조부모님과 나와의 인연은 또 그렇게 각별했다.

　그 후 부모와 해후하여 십 년 정도를 살다 출가했다. 부모와 함께 지낸 세월이 얼마 되지 않아 깊은 정이 들었을까 싶지만 부모 자식의 인연은 남다르다. 다른 어떤 인연보다 끈끈하고 깊은, 쉽게 가늠할 수 없는 차원의 애정은 시간의 길이와는 별 상관이 없는 것 같다.

한 나무 둥지에서 뻗어 나간 가지라도 열매가 달리는 위치는 멀고 가까움이 있다. 마치 부모 곁을 떠나 살고 있는 자식들의 모습마냥 말이다. 그런가 하면 열매 중에서 일찍 떨어지는 열매도 있기 마련이다. 부모보다 더 일찍 세상을 앞서는 자식과의 인연이 그런 것이다.

생각해 보니 만나고 헤어지는 인연의 모습도, 주어진 시간도 다 다르다. 갈수록 빠르게 느껴지는 시간의 흐름 속에 '인연의 소중함'을 깨닫는 마음만이 덧없는 세월 속에 피는 꽃같이 선명하다.

아
이
야

아이야!

너를 보니, 내 젊을 적 모습을 보는 듯하고나.

너만 한 나이 적에 '길상화 자야 여사'를 뵌 적이 있단다. 자야 여사가 법정 스님께 길상사 터를 기증하기 전이었지. 미국 고려 사 살림을 도맡아 했던 대도행 보살과 자야 여사가 서로 친분이 있어서 자주 오셨었단다. 그때 나는 마침 고려사 주지를 맡고 있었기에 뵐 기회가 닿았고.

자야 여사의 문학적 기질이 법정 스님에 대한 존경으로 이어졌지만, 지금의 길상사가 탄생한 데는 대도행 보살의 조언이 결정적으로 작용했지.

자야 여사는 일 년에 한 번씩 따뜻한 캘리포니아 날씨와 동생 같은 대도행 보살이 그리워 고려사를 찾곤 했단다. 오면 꼭 한두 달은 머무셨어.

당시 삼십대 초반의 나이였던 내게 자야 여사는 당신의 인생 철학이 담긴 얘기를 들려주곤 했지. 그중에 지금도 좀처럼 잊히지 않는 말이 있단다.

"스님, 큰돈은 자기 돈이 아닌 겁니다."
"작지만 행복하게 살 줄 아는 것이 진짜 잘 사는 겁니다."

이 짧은 몇 마디 말 속에, 천 억대 자산을 가졌지만 결국 모든 것을 희사喜捨하고 가신 그분의 뜻을 가늠하게 된단다.

고요히 생각해 보면 진정한 행복의 가치는 그런 분을 통해 깨

달아 가는 것인 듯하다. 열심히 너의 길을 가되 늘 그런 지혜를
간직하렴.

너만 한 나의 어린 시절을 생각하며 마음을 담아 보낸다.

내 마음 어느덧 가을이라오
그대를 두고 떠나니
법정 스님을 기리며 1

비구계를 받고 십여 년쯤 되었을 때 미국에 가게 되었다. LA에 있는 고려사의 주지 소임을 맡아서 간 것인데 그때 법정 스님이 그곳에 오셔서 삼 개월 정도를 머물다 가셨다. 불일암에 계실 때 가끔 뵙긴 했지만 낯선 타국에서 그렇게 만나게 되니 감회가 남달랐다.

스님을 모실 수 있었던 그 삼 개월 남짓은 내게 있어 정말 뜻깊은 시간이었다. 평상시 스님을 남달리 생각하고 있었던 터라 그렇게라도 가까이에서 지내게 되니 하루하루가 복됐다. 스님은 아침 공양을 마치면 메모지를 주머니에 넣고 산책을 나가셨고, 그때는 대개 내가 동행했다. 스님은 산책을 하시다가 특이한 꽃이나 새가 있으면 꼭 이름을 물으셨다. 그리고는 그 꽃이나 새를 보면서 느꼈던 감정과 함께 이름을 메모지에 꼼꼼하게 적으셨다. 그러면서 자연에 대한 당신의 생각을 말씀해 주시곤 하셨다. 평상시 자연을 대하는 스님의 생각을 들을 수 있었던, 참으로 귀한 나날이었다.

고려사 가까이엔 레이크 쉬라인Lake Shrine이라는 요가 명상 센터가 있었다. 그 센터는 모든 종교는 하나로 통한다는 이념 아래 다섯 분의 성자를 모시고 있었는데, 스님은 가끔 그 센터 안에 있는 명상실에서 명상에 잠기곤 하셨다. 지금도 나는 눈을 감고 있으면 처음 명상 센터를 방문하던 날 간디를 기념하는 상징물 앞에서 한참 동안 침묵한 채 서 계시던 스님 모습이 떠오른다.

늘 군중 속에서 웅변을 통해 자신의 신념을 불태웠던 간디와, 은둔 중에서도 글로써 자신의 신념을 피력했던 법정 스님. 두 분은 너무 다른 모습으로 세상을 살다 가셨지만 왠지 모르게 나는 그 두 분이 많이 닮아 있다는 생각이 든다. 그 바탕에는 무소유의 삶을 실천하며 살았다는 공통점이 존재했기 때문이 아니었을

까 싶다. 말과 글이 곧 실천적 삶과 일치하는 진실이었다는 점도 함께.

스님이 머무신 삼 개월 동안 거의 스님과 함께 공양을 들었다. 송광사 같은 큰 절에선 어른을 모시고 한 자리에서 공양을 드는 일이 좀처럼 없지만 고려사는 그렇지 않아 가능한 일이었다. 그러다 보니 스님과는 마치 한 식구 같은 친근감이 느껴졌다. 가장 가까운 거리에서 스님을 지켜볼 수 있었던 삼 개월여의 시간, 긴장 속에서도 충만히 행복했던 시간은 어느덧 지나가고 스님은 고국으로 돌아가셨다. 그리고 떠나시기 전 내게 짧은 글을 남겨 주셨다.

그대를 두고 떠나니
내 마음 어느덧 가을이라오.

스님을 배웅하고 돌아온 나는 너무도 허전하여 방이라도 치워야겠다는 생각을 하면서 스님이 기거하시던 방문을 열어 보았다. 그랬더니 이게 웬일인가. 스님이 쓰시던 방은 이미 먼지 한 톨 없이 깨끗이 치워져 있었고 책상 위에 놓인 화병에는 꽃 한 송이가 꽂혀 있을 뿐이었다. 그리고 떠나시기 전 향 하나를 피우신 듯 향꽂이에는 타고 남은 재가 소롯이 남아 있었다. 맑고 향기롭게.

머무름도 떠남도 맑고 향기롭게 하시고자 했던 법정 스님의 면모가 내 마음 안에 그대로 다가왔다. 맑고 향기롭게, 스님은 무언으로 그 가르침을 일깨워 주고는 떠나가셨다.

　2010년 이른 봄 임종을 앞둔 스님을 뵈었다. 문안 인사를 드리려 곁으로 다가서자 스님이 쳐다보시며 "오랜만이네, 원경 수좌." 하셨다. 스님을 번거롭게 해드리고 싶지 않아 자주 찾아뵙지 않았지만, 스님을 뵈니 이에 대한 회한이 가슴속에 차올랐다. 이틀 후, 스님은 열반에 드셨다. 다음과 같은 유언장을 남겨 놓고서.

　이 몸뚱아리 하나를 처리하기 위해 소중한 나무들을 베지 말라. 내가 죽으면 강원도 오두막 앞에 내가 늘 좌선하던 커다란 넓적 바위가 있으니 남아 있는 땔감 가져다가 그 위에 얹어 놓고 화장해 달라. 수의는 절대 만들지 말고, 내가 입던 옷을 입혀서 태워 달라. 그리고 타고 남은 재는 봄마다 나에게 아름다운 꽃 공양을 바치던 오두막 뜰의 철쭉나무 아래 뿌려 달라. 그것이 내가 꽃에게 보답하는 길이다. 어떤 거창한 의식도 하지 말고, 세상에 떠들썩하게 알리지 말라. 이제 시간과 공간을 지워야겠다.

스님이 열반에 드신 후 문도들은 스님의 유언을 조금 비켜서 송광사 다비장에서 다비 의식을 치렀다. 관도 수의도 만장도 없이, 스님이 평소 입으시던 법복을 입혀 드리고는 널빤지에 메고 다비장으로 향했다.

화중생련종불괴火中生蓮終不壞
불꽃 속에서 연꽃이 피니 끝내 시들지 않는다.

다비장 앞에 서 있는 내내 스님과 함께했던 기억들이 파노라마처럼 흘러갔다. 스님의 목소리, 걸음걸이, 눈빛…. 어느 하나 떠오르지 않는 것이 없었다.

평생 무소유의 삶을 실천하셨던 스님의 마지막 의식은 그렇게 맑고도 향기롭게 치러졌다.

그리운 님의 향기

아직도 남겨진

법정 스님을 기리며 3

지난 봄날 불현듯 그분이 그리워 홀로 불일암을 찾았다.

주인 없는 빈 암자에도 여전히 백목련은 흐드러지게 피었다가 졌나 보다. 간밤에 내린 빗줄기 때문인가. 촉촉한 물기마저 머금고 아무렇게나 뒹구는 그 모습이 처연하면서도 아름다웠다. '찬란한 슬픔'이란 바로 이런 것을 두고 쓰는 말일까. 집을 비운 주인 대신 진한 목련 향을 가슴에 품고 그리움을 삭혔다.

스무 살 어린 시절 간간히 스님을 뵈었다. 특별한 이유도 없이, 그냥 문득 스님이 생각날 때면 불일암에 올랐다. 초보 수행자인 어린 풋중이 나름 할 말 가득한 표정으로 불일암에 들어서면 스님은 말없이 벽장에서 다구를 꺼내 차를 우리셨다. 마치 마음을 꿰뚫어 보시듯 한 번씩 얼굴을 들여다 보셨는데 그 얼굴빛이 서늘하면서도 인자했다.

불일암은 모든 것이 단출했다. 스님이 머무르시던 작은 방 한 칸에도 창 하나와 소소한 살림살이가 전부였다. 살림살이라고 부르기에도 미안할 정도로 그곳은 텅 비어 있었다. 대신 스님을 닮은 청청한 기운이 가득했다. 소박하고 수수한 스님의 방과 차향은 너무나 잘 어울렸다.

소담한 다구들로 우려낸 차는 해맑은 빛깔의 '작설차'였다. 차 맛을 잘 알지 못하는 초보 수행자가 느끼기에도 제대로 된 맛이었다. 지금도 그때 느꼈던 차향을 잊을 수 없다. 마치 무에서 유를 창조하듯, 그렇게 스님은 차를 우리셨고 그 손길 하나에 마음이 철렁했다.

몇 순배의 차를 마시며 듣던 간결한 법문이 정적으로 감돌 때쯤 소담스럽던 찻자리는 끝이 났다. 다구들은 제각기 펼쳐졌던

순서대로 그 옹색한 낮은 미닫이 벽장으로 되돌아갔다. 그리고 다시금 텅 빈 충만이 깃들었다. 그것이 내가 스님을 통해 깨달은 일상의 선禪이었다. 스님의 삶 속에는 선의 혼이 그대로 깃들어 있었다.

　스님께서 우려주신 그때의 차향은 지금까지도 내 속에 그대로 살아 있다. 어디 차뿐일까. 가끔 찾게 되는 스님의 정갈한 글에서도 그 선의 혼불은 그대로 살아 있음을 느낀다. 유독 법정 스님 생각이 더 간절해지는 날이다.

찾아 주는 이 있는가 찾는 이,

　　코로나로 일상이 참 많이 달라졌다. 소소한 것부터 시작해 예전에는 쉽게 했던 일들도 이제는 몇 번의 고민만 거듭하다 그만두는 경우가 많다. 특히 사람을 만나는 일이 그렇다. 작은 암자이긴 해도 더러 심곡암을 찾는 사람들이 꽤 있었는데 이제는 사람 구경하기가 힘들다. 크고 작은 행사는 물론이고 암자의 작은 모임조차 '멈춤' 상태다. 사람 만나는 일이 여간 조심스러운 때가 아니니 서로 안부만 확인할 수밖에. 신도들도 나도 행여 서로에게 민폐가 될까 싶어 전화 통화만 가끔 하다 보니 '이러다 얼굴 잊어버리겠다'며 서로 아쉬운 마음만 주고받는 중이다.

코로나 이전만 해도 가끔 보고 싶은 이들이 생각날 때 훌쩍 떠나는 재미가 있었다. 잠시나마 일상에서 벗어나 그리운 사람도 보고 바람도 쏘이며 마음 정리를 하고는 했는데 그마저도 이제는 먼 이야기다. 특히나 서울 경기 지역이 유독 코로나로 심각한 상황이다 보니 지방에 있는 도반 얼굴 한 번 보러 가는 것도 여간 마음이 쓰이지 않는다. 본인들은 괜찮다고 하지만 괜히 내 욕심에 찾아갔다가 어떤 안 좋은 상황이라도 생길까 봐 주저하다 결국 마음을 접은 것이 수차례. 보고 싶은 얼굴 한 번 보기가, 가고 싶은 곳 한 번 가기가 이리 어려울 줄 알았다면 진즉 더 열심히 보고 가고 그러면서 살 걸 그랬다.

출가한 나도 이럴진대 다른 사람들은 오죽할까. 외국에 있어서 오가지도 못하고, 국내에 있어도 행여 멀리 있는 노부모님에게 어떤 피해라도 될까 만나지 못하고 있다는 사람들을 보면 참 생이별이 따로 없다. 아무리 한 치 앞을 못 보는 게 인생이라지만 세상이 이렇게 변할 줄 누가 짐작이나 했을까. 가끔 이게 꿈이 아닐까 하는 생각이 든다는 누군가의 말처럼 나 역시 그렇다.

아주 가끔은 사람들에게 지치는 날이 있었다. 더 이상 말 한마디 하고 싶지 않은 날. 이날 하루만큼은 어느 누구의 방해 없이 오롯이 혼자 하루를 보내고 싶을 때가 있었는데 지금 생각하니 쓸데없는 사치였다. 누구라도 찾는 이가 있을 때, 찾아 주는 이가 있을 때가 얼마나 호강이었는지.

날이 점점 추워져 그런가, 따뜻한 인연의 소중함을 다시 깨닫게 된다.

보살을 보내며
공양주 정토심

오늘은 심곡암에서 열여덟 해 동안 공양간을 지켰던 정토심 보살이 떠나는 날이다. 지금껏 수많은 이별을 거쳐 왔건만 이별은 늘 쉽지 않다. 며칠 전부터는 나름 마음의 준비도 했다. 이번만큼은 담담하게 이별의 순간을 마주하기로. 허나 정토심 보살을 보는 순간 이번에도 그 다짐은 지키기 힘든 약속이 되었음을 직감했다. 작별 인사를 하며 연신 훌쩍이는 정토심 보살을 보는 순간 나도 모르게 눈물이 앞을 가려 괜한 헛기침만 해 댔다.

함께한 세월만 스무 해 가까이다. 강산이 두 번 바뀔 동안 미운 정 고운 정이 다 들었다. 이제는 굳이 말로 하지 않아도 이심전심으로 통한다. 원체 살갑지 않은 편이라 듣기 좋은 말 한마디 무심히 건네지 못했지만 내심 든든한 믿음이 컸다. 그런데 이렇게 떠난다고 하니 허전한 마음은 물론 한동안 정토심 보살의 손맛에 익숙해진 내 입도 고달파질 예정이다.

늘 불공하는 마음으로 공양을 짓는다던 정토심 보살은 당신의 노고를 바탕으로 고향에 있는 가족들이 무탈하게 잘 지냈고, 특히 아들이 변호사가 되었다며 마냥 기뻐했다. 그 기쁨을 같이 누리면서 세상 모든 어머니의 마음을 헤아려 본 적도 있다. 그렇게 작은 암자에서 나는 수행자로, 정토심 보살은 공양주로 각자의 자리에서 살다 보니 어느덧 세월이 이만큼 흘렀다. 아무리 요즘이 '백 세 시대'라고 하지만 일흔을 바라보는 나이에 은퇴를 선언한 정토심 보살을 더 붙잡는 것은 이기적인 것 같아 차마 말도 꺼내지 못했다. 늘어 가는 흰머리만큼 공양주 일이 힘에 부쳤을 터. 서운하지만 보내 줘야 할 때가 된 것이다.

절집도 다른 곳처럼 이런저런 일이 많고 말도 많은 곳이다. 속세와는 다르지만 여기도 사람 사는 곳이고, 사람들이 드나드는 곳이라 자칫하면 생각지도 못한 경우가 생길 때가 더러 있다. 그

때마다 정토심 보살은 묵묵히 심곡암을 지켰다. 그렇게 편안하고 든든한 버팀목이었던 정토심 보살이 이제 도량을 비운다고 생각하니 마음이 한없이 쓸쓸해진다.

방 안에서 작별을 고한 후, 차마 떠나는 모습을 볼 수가 없어 문밖 배웅은 그만두기로 했다. 그동안 못해 준 것만 생각이 나서 일부러 떠나는 뒷모습에 눈길도 주지 않은 채 곧장 관음굴로 향했다.

정토심 보살님!
부디 건강하시어 가족 상봉의 기쁨 속에 내내 편안하시길 빌고 빌어 봅니다.

오실 이, 가실 이

올 것은 오고, 갈 것은 가리라.
꽃 피는 봄은 굳이 부르지 않아도
때 되면 절로 찾아오는 것처럼
잎 지는 가을은 굳이 보내지 아니하여도
겨울을 향해 떠나는 것처럼
올 것은 오고, 갈 것은 가리로다.

오실 이는 오고, 가실 이는 가시리라.
나 홀로 여기 서 있으매
불어오는 바람 스스로 불어오고
떠나는 바람 스스로 떠나가듯
때가 되면
오실 이는 오고, 가실 이는 갈 것이로다.

3.

울리지 않는 종은 ——— 종이 아니다

그렇기에 요즘의 삶은 마냥 편안하다.

무조건 많이 가진다고 행복하지 않다는 것도 안다.

살다 보니 이제는 내 것이 ‘나’만의 것이 아님도 알고.

삶에 대한 아쉬움이 덜하다.

누군가를 위해서 쓰임이 있는 것만으로

현명한 대화라는 것은

가끔 사람과의 관계에서 지칠 때가 있다. 수행자라면 어떤 상황도 훌훌 털고 넘어가고, 누구라도 품을 만큼의 넉넉한 씀씀이를 지녀야 할 텐데 아직도 부족한 모양이다. 그럴 때는 일부러 차를 이용하지 않고 심곡암까지 걸어 올라간다. 물론 저도 모르게 맥이 빠져 걷는 모양새도 터덜터덜해지지만 그래도 걷다 보면 한결 마음이 가벼워진다. 심곡암에 오르는 산길이 만만치 않은 것이 이럴 때는 또 도움이 된다. 거칠어지는 내 숨소리에 집중하다 보면 다른 일은 이미 잊힌 지 한참이다.

일반 사람들은 스님들이 절에만 있는 줄 아는 경우도 많다. 물론 대부분의 스님들이 절에서 생활하면서 열심히 수행하고 있지만, 때로 소임을 맡아 바깥 활동을 하는 경우에는 의도치 않게 갈 데도 많고 만나야 할 사람도 많다. 수행자의 길을 함께하고 있는 스님들은 물론이고, 꼭 신도들이 아니더라도 만나야 할 사람들이 더러 있다. 그런데 아직은 부족한 내 탓이랄까. 대화를 하다 보면 가끔 한계에 부딪힐 때가 있다. 의도치 않게 뜻이 제대로 전달되지 않을 때도 있고, 무심히 건넨 말에 내가 혹은 상대방이 언짢아할 때도 있다. 정말 드물게는 대화하는 내내 당황스러움을 느끼며 지쳐할 때도 있다. 주로 일방적인 대화가 이뤄질 때가 그렇다.

대화란 '마주 대하여 이야기를 주고받는 것'인데 상대방을 배려하지 않고 자신의 할 말만 늘어놓는 상대와 있다 보면 쉽게 지치게 된다. 본질에서 벗어난 주제를 되풀이하거나, 자신의 말에 공감을 표할 때까지 계속 같은 이야기를 반복하는 것은 대화 상대에 대한 실례다. 그런 사람은 다음에 다시 만나기를 주저하게 된다. 이심전심이라고, 별로인 내 마음을 상대방도 분명 느꼈을 것이다. 마음이 편치는 않지만 어쩔 수 없다.

현명한 대화란 일방적이어서는 안 된다. 매끄럽게 상대방과 나의 이야기가 이어지면서, 주고받는 대화 속에 잔잔한 여운이 감돌아야 한다. 지나치게 목소리를 높이는 것도 주의해야 한다. 유독 목소리가 크고 옥타브가 높은 사람들이 있다. 처음에는 활달한 모습에 호감이 가기도 하지만 덩달아 같이 목소리가 커지다 보면 힘에 부친다. 원래 그런 성향이 아닌 사람은 금세 따라가기 버거워지면서 말수가 줄어든다.

대화를 할 때는 상대방의 이야기를 잘 들어주고, 자신의 의견을 낼 때는 잔잔하지만 분명하게 뜻을 전달하는 것이 좋다. 거기에다 적절한 시기에 공감 어린 화답을 하면 더할 나위 없다. 별것 아니다 싶지만 의외로 이런 기본적인 대화의 기술을 지키지 않는 사람들이 많다. 나부터가 그렇다. 그렇기에 본디 말이 많지 않기도 하지만, 한마디 말의 무게를 알기 때문에 가급적 필요한 말만 하려고 노력하는 중이다.

현명한 대화의 기술. 알지만 실천하기 힘들고, 쉽게 보이지만 어려운 일이다. 이것이 바로 말이 지닌 힘인가 보다.

노력에서 온다
완성의 자유로움은

무슨 일을 하건 그 일에 통달하여 완성에 이르면 자유로움이 있다. 그 자유로움이란 기본 메커니즘을 다 알기에 운용의 묘妙가 생기는 데서 오는 자유로움이다. 그런 의미에서 스스로 하고자 하는 일이나, 주어진 일에 성심을 다하다 보면 단순히 잘하는 것을 뛰어넘는 높은 완성의 경지에 오르게 된다. 장인匠人, 혹은 달인達人이 되는 것이다.

장인과 달인은 비슷하지만 다소 차이가 있다. 장인은 어떤 한 가지 일에 전념하여 최고의 경지에 오른 고수들이다. 그 분야에 정통한 전문가로 자신의 일에 혼을 불어 넣어 예술의 경지까지

끌어올린 사람이다. 반면 달인은 어떤 특정 분야에 능통한 기능인으로 볼 수 있다. 인기 TV 프로그램 중 하나인 〈생활의 달인〉을 보면 다양한 분야에서 숙련된 기술을 선보이는 사람들이 등장하는데, 그들이 바로 달인이다.

하지만 장인이든 달인이든 자신의 분야에서 '노력을 멈추지 않은 사람들'임은 같다. 오랜 세월 누구보다 더 부단히 노력하고 애써 온 그들에게 있어 어쩌면 달인과 장인의 구분은 크게 의미가 없을 수도 있다. 자신의 자리에서 최선을 다한 모습에 박수 받을 자격만 있을 뿐이다.

요즘은 빠르게 변하는 시대에 맞춰 모든 것이 시시때때로 달라진다. 사람들도 더 빨리, 더 많이, 더 쉽게 돈 벌 수 있는 일을 원하지 오랜 시간 노력을 쏟아부어야 하는 일에는 관심이 없어 보인다. 세태가 그렇다. 트렌드를 따라가지 못하는 사람은 왠지 뒤처지는 느낌이라 헉헉거리면서도 따라가기 바쁘다.

물론 트렌드와 상관없이 사는 사람들도 있다. 나도 그중 한 명이다. 출가한 이후로는 바쁘게 돌아가는 세상살이에 관심을 둘

이유도, 여유도 없었다. 제대로 된 수행자로 살아가기에도 벅찼다. 출가자들의 삶이 본디 그렇다. 어떻게 사는 것이 좋은지는 각자의 방식에 따라 관점이 다르겠지만, 가끔은 좀 더디게 천천히 세상이 변했으면 할 때가 있다.

이런 세상에 우연찮게 불광동 대장간에 대한 이야기를 들었다. 육십여 년이 넘게 대장장이의 길을 걸어온 아버지와 그 뒤를 잇는 아들이 전부 손으로 직접 쇠망치를 두들겨 도구를 만드는 곳이다. 일흔이 훌쩍 넘은 아버지와 마흔 중반의 아들이 빚어내는 멋진 하모니를 바탕으로 세상에서 하나뿐인 도구를 만든다. 보기 드물게 수작업을 하는 탓에 갈수록 유명세를 타고 있다. 한 동네에 있던 다른 가게들이 모두 문을 닫는 힘든 상황일 때도 묵묵히 그 길을 고집한 뚝심이 있었기에 지금과 같은 날이 찾아왔다. 꼭 닮은 부자가 단련된 손길로 만들어 낸 도구는 그 자체만으로도 특별하다. 기계로 찍어 낸 것보다 훨씬 품질도 좋고 수명도 길다니, 이미 그들은 완성의 자유로움을 느끼는 단계에 오른 것이 아닐까 싶다.

한 가지 일에 온 힘을 쏟는 행위는 단순히 그 일로 그치지 않는다. 그 성취의 원리는 다른 일에도 적용되기 마련이다. 그래서 어떤 일이든 그 일에 통달할 때까지 노력을 멈추지 않는 삶의 태도가 필요한 것이다.

옛 사람은 성誠, 지성스럽게 마음을 다하는 것을 소중히 여겼다. 어떤 일이건 성심을 떠나서 이뤄질 수 있는 일은 없다.

참인생의 가치

내 팔자가 왜 이럴까, 하고 원망하는 사람들을 많이 본다. '되는 것도 없고, 고생만 하면서 살 팔자인가' 하며 한탄을 하기도 하고, 누구는 어떤 팔자를 타고났길래 저렇게 호강하면서 살까 부러운 반응을 보이기도 한다. 주변에서 한 번쯤은 들어봄 직한 흔한 팔자타령이다. 사실 평생을 큰 굴곡 없이 무탈하게 사는 사람도 있고, 옆에서 보기에도 딱할 만큼 불운이 계속되는 사람도 있다. 그런 사람들을 보면 '팔자타령'을 하는 마음이 한편 이해도 된다. 편히 사는 것이야 그렇다 치더라도, 특별한 이유도 없이 계속해서 삶이 힘들어지는 상황이 온다면 누군들 안 그럴까.

그렇다면 팔자를 바꿀 수 있을까? 그에 대한 답을 논하기 전에 업에 대한 이야기부터 해야겠다. '업'을 한마디로 말하면 우리 인생의 모든 기록이라고 할 수 있다. 우리가 하는 말, 행동, 생각 하나하나가 쌓여 업이 되고 업은 계속해서 쌓여 간다. 업은 누구도 바꿀 수가 없다. 업을 책임져야 할 사람도 당연히 바로 나 자신이다. 업에는 인과가 따르기 마련인데, 그것이 바로 우리의 '팔자'가 된다. 그래서 현재의 업을 잘 쌓아야 한다. 과거의 업을 바꾸기 위함이 아니라 현생의 업이나 다음 생을 위해서다. 전생의 업은 불변하다고 했지만, 현생과 내생에 올 업은 바꿀 수 있다. 지금 업을 어떻게 쌓느냐에 따라 달라지기 때문이다.

수행을 하는 이유도 여기에 있다. 수행을 통한 인식의 변화가 생긴다면 업이 바뀌고, 현재의 생도 미래의 생도 바뀔 수 있다. 즉 팔자가 바뀔 수 있는 것이다.

보통 사람들은 아무 생각 없이 말을 하고 행동을 하지만 결코 가벼이 할 일이 아니다. 본인은 그저 별 뜻 없이 말과 행동을 했다지만 그 무게는 바위와 같다. 그 무게를 생각하지 못하고 나쁜 생각과 말, 행동을 한다면 인과에 따라 업도 더 무겁게 쌓이게 된다. 말 한마디의 무게가 자신의 팔자와 관련 있음을 기억해야 한다.

반면 좋은 생각, 좋은 말, 좋은 행위가 쌓이면 그만큼 좋은 업과 팔자가 생겨난다. 더 나아가 그런 사람들은 본인뿐만 아니라 주변까지 편하게 만든다. 늘 웃는 얼굴로 남을 배려하는 말과 행동을 하는 사람과, 항상 우울한 얼굴로 비관적인 행동을 하는 사람이 있다면 어떤 사람 곁에 있고 싶을까? 사람 마음은 누구나 같은 법이니 답은 정해져 있다. 좋은 사람 곁에는 좋은 사람들이 모여서 더 좋은 인연을 만들고 좋은 업이 쌓이는 것이다.

그래서 수행이 필요하다. 수행이라고 해서 출가자들이 하는 수행을 떠올리며 거창하게 생각할 필요가 없다. 자신의 처지와 상황에 맞는 수행을 하면 된다. 내 마음을 변화시키고, 내가 할 수 있는 작은 행동의 변화부터 실천하면 된다. 마음자리에 따라 말과 행동이 바뀌면 좋은 업이 쌓이게 되고 팔자도 바뀔 수 있다.

아무리 좋은 사주팔자를 타고났어도 현재를 그릇되게 살면서 내생에 좋은 삶을 살기를 기대할 수는 없다. 설령 힘든 팔자를 타고났다 하더라도 현재를 올바르게 살면 내생에 좋은 삶을 기대할 수 있다. 그러니 팔자를 원망하면서 시간을 허비하지 말자. 순간순간 인욕과 정진을 통해 자신을 도야陶冶해 가는 것이 참인생의 가치인 것이다.

간결함이 주는 의미

심곡암 내 처소에서 신도들이나, 지인들과 차담을 나눌 때면 꼭 이렇게 말하는 이들이 더러 있다. "스님, 방이 어쩜 이렇게 깔끔해요? 너무 정돈이 잘 되어 있네요.", "저도 이렇게 정갈하게 살고 싶어요." 사실 특별히 정리 정돈을 할 만한 물건이 없어서 깔끔하게 보이는 것뿐인데 전후 사정을 미처 파악 못한 사람들 눈에는 그렇게 보이나 보다. 원래 물건이 늘어져 있는 것을 좋아하지도 않지만, 정리정돈을 잘할 자신이 없어서 최대한 방 안에 뭘 들여놓지 않는 편이다. 차를 마시기 위한 도구들과 찻잔이 놓여 있는 차탁, 소가구 몇 개, 그리고 좋아하는 그림 몇 점이 전부다. 최소한으로 꼭 필요한 것들만 자리를 잡고 있어 청소하기도 편하다.

그런데 다른 사찰의 스님들 처소나 각종 공간을 봐도 대부분 간결하게 꾸며져 있다. 사실 꾸며져 있다는 표현도 걸맞지 않다. 그저 최소한의 물건들이 제자리에 놓여 있다고 하는 편이 맞다. 깨끗한 정도는 말할 것도 없다. 아무리 넓은 절 마당도 늘 말끔하게 정돈되어 있어 언제나 상쾌하고 차분한 인상을 준다. 스님들은 청소 또한 수행의 한 방편으로 생각하기에 하루도 거르지 않고 마당을 쓸고, 처소를 정리 정돈하는 일을 게을리 하지 않는다. 먼지가 수북이 쌓여 있고 잡동사니가 뒹구는 사찰이 있다면, 그곳은 스님들의 수행이 제대로 되고 있지 않다고 볼 수도 있다.

집도 마찬가지다. 집은 그 사람의 마음을 비추는 거울이다. 발디딜 틈 없이 어지럽혀 있다면 현재의 마음이 그런 것이고, 말끔하게 정리가 잘 되어 있다면 마음도 그렇게 간결하다는 것을 의미한다. 곳곳에 쓰레기가 쌓여 있고 제자리를 못 찾은 물건들이 늘어져 있는 집에서 생활하면 마음도 몸도 편하지 않다. 그런 환경에서는 불필요한 생각과 번민들이 일어나기 마련이다. 눈에 보이는 물건마다 한 가지씩 생각을 일으킨다면 그 방은 번뇌로 휘둘리게 되는 어지러운 공간에 불과하다. 마음이 복잡하면 하는 일에도 집중하기 어렵다.

또 정리 정돈을 안 하면 생활이 불편해진다. 필요한 물건을 바로 찾지 못해 짜증이 나고, 그만큼 시간을 허비하게 된다. 청결한 환경이 갖추어지지 않은 곳이라면 건강에도 안 좋은 영향을 미칠 수가 있고 여러모로 득 될 것이 없다. 그러므로 집은 늘 깨끗하게 정리 정돈이 되어 있어야 한다. 그런 상태에서 따뜻한 온기가 더해지면 가족 모두가 지친 몸과 마음을 쉴 수 있는 안식처가 될 수 있는 것이다.

요즘처럼 복잡한 세상을 살아갈수록 일상생활에 꼭 필요한 적은 물건으로만 단순하게 살아가는 '미니멀 라이프'가 필요하다. 처음 하나를 비우는 것이 어렵지, 비움에서 오는 간결함의 묘미를 알게 되면 그 후로는 금방 속도가 붙는다. 비우는 데서 오는 행복감 덕분이다. 평소에 틈틈이 하는 습관 또한 중요하다.

꼭 필요한 물건만 남기고 나눔하는 것도 좋다. 나에게 그다지 소용없던 물건도 다른 이에게는 그 쓰임이 깊을 수도 있다. 버릴 건 버려서 공간을 만들고, 남은 물건은 제자리를 찾아 주자. 그러는 사이 내 마음의 번잡함도 사라지고 정신도 맑아질 것이니.

나를 위한 기도

사슴의 모습
사자의 마음으로 살아야지

그 무엇도 닮으려 하지 않는 사슴은
이른 아침부터 저녁 놀빛까지
꽃 속을 소요하며
그 자태를 흐트러뜨리지 않나니

소리에 놀라지 않는 사자는
너른 대지의 침묵을 펼쳐
잠들어 있을 때에도
우레 같은 포효를 잃지 않나니

살아오는 동안
이미 거침없는 전사가 되어 버린 지금,

죽음마저 두려움이 없거늘

생애 무엇이 두려우리

그렇게

사슴의 모습

사자의 마음으로 살아야지

후회는 나를 더 아프게 한다

인생은 선택과 후회의 연속이다. 매 순간 선택의 기로에 놓이고, 선택에 따른 결과에 따라 안도와 후회를 번갈아 한다.

나 역시 마찬가지다. 출가해서 지금껏 삶이 늘 평탄했던 것은 아니었다. 일반 사람들은 출가자의 삶이 바람 한 점 없는 바다처럼 고요하기만 할 거라 짐작하지만 그렇지 않다. 물론 그렇게 고요히 사는 스님들도 있다. 무념무상無念無想의 경지에서 오롯이 수행자로서의 삶에 충실한 스님들이 그렇다. 하지만 나는 나름 작은 파도, 큰 파도를 겪고 넘으며 살아와서인지 여러 번 선택의 순간에 맞닥뜨렸고 그만큼의 후회도 거듭했다. 하지만 후회를 거듭한다고 해서 삶은 나아지지 않았고, 오히려 마음에 상처만 남았다. 한때는 후회하지 않을 선택을 위해 고민을 거듭하느라 시간을 헛되이 쓴 적도 있다. 지금은 과거의 그 모든 일들이 더 나은 삶을 위한 귀한 자양분이 되었다. 살면서 겪는 모든 일들이 마냥 헛되지 않은 것처럼 좋은 일은 좋은 대로, 나쁜 일은 나쁜 대로 귀한 경험의 가치가 있다는 것도 알게 됐다. 그렇게 지금에 이르렀다.

살면서 자신의 선택을 한 번도 후회하지 않는 사람은 없을 것이다. 심곡암을 찾는 어느 보살님처럼 지금의 배우자를 선택한 것에 후회하기도 하고, 젊은 시절 좀 더 다른 일에 도전해 볼 걸 하면서 후회하는 사람도 있다. 병을 얻고서야 건강을 챙기지 못한 것을 후회하고, 돌아가신 부모님께 살아생전 좀 더 효도하지 못한 것을 후회하는 경우 또한 너무 흔하다. 요즘처럼 부동산이나 주식이 화제가 될 때는 왜 그 집이나 주식을 샀는지, 팔았는지 머리 싸매고 후회하는 사람들이 많아진다 들었다. 사람이 다가올 미래를 예견할 수 있다면 그만큼의 후회도 없겠지만 그것은 현실적으로 불가능하다.

피할 수 없는 선택이라면 최선을 다하고 결과에 연연하지 않아야 되는데 말처럼 쉽지 않다. 더 나은 쪽을 선택하지 못한 것에 자책하는 경우가 대부분이다. 하지만 지금의 결과를 있게 한 과거를 떠올려도 달라질 것은 없고, 분명한 건 '후회'가 나를 더 아프게 한다는 사실이다. 후회한다고 해서 달라질 수 있다면 백번이고 하겠지만 그렇지 않기 때문에 자신을 갉아먹는 후회 따위는 할 필요가 없다. 후회 대신 선택에 따른 상처에 번민하는 나 자신을 위로하는 것이 더 값어치 있다.

후회 없는 삶이란 없겠지만 다른 것보다 우선하지 말고, 깊이 마음에 담아 두지 말자. 거듭되는 후회에 더 나아질 수 있는 내일이 영영 오지 않을 수도 있다. 과거를 통한 각성은 키우되 후회의 늪에 빠지지 않으면서 늘 새로워지는 동력을 잃지 않고 살아갈 일이다.

안녕하세요 지난 세월과는

목표를 향해 열심히 달려가던 사람이 더 이상 성취해야 할 목표가 없어지면 허무감에 빠지는 경우가 있는데, 이러한 현상을 '상승 정지 증후군'이라고 한다. 언젠가 산악인으로 유명한 엄홍길 대장에게 정상을 밟았을 때의 기분을 묻자 "기쁨은 잠깐이고 허탈감에 빠지는데, 더 이상 살아 있을 이유가 사라진 느낌이다."라는 답을 해서 많은 사람들이 놀란 적이 있다. 그렇게 힘들게 정상에 올랐으면 당연히 '성취감'에 취할 만도 한데, '허탈감'이 더 크다는 사실에 다들 의아해 했지만 어찌 보면 납득이 되는 대답이다.

어느 날 중년 여성 한 분이 심곡암을 찾아왔다. 예전에 내가 출간한 책도 읽고, 원각사 무료급식소 소식도 접하면서 스님을 뵙고 싶어 왔다고 했다. 초면이지만 그동안 쌓인 게 많았는지 해묵은 감정의 보따리가 한번 풀어지기 시작하자 속 이야기가 술술 나왔다. 그분은 어릴 적 결혼해서 두 아들과 딸, 삼 남매를 낳았지만 얼마 되지 않아 이혼하는 아픔을 겪었다고 했다. 남편 없이 혼자서 삼 남매를 도맡아 키운 그 세월은 굳이 설명하지 않아도 짐작이 될 정도. 오로지 아이들을 먹이고 입히고 공부시킬 생각에 쉴 새 없이 일만 하면서 지냈는데 요즘 들어 마음이 이상하다며 눈가를 붉혔다. 이제 아이들도 다 커서 제 몫을 하고 있고, 경제적으로도 자리 잡아 큰 걱정이 없는데 오히려 예전보다 더 사는 게 힘들다는 말을 되풀이했다. 아이들이 어릴 때는 '얼른 크기만 하면 좋겠다'는 생각뿐이었고, 돈 걱정에 시달릴 때는 '제발 돈 걱정 없이 살았으면 좋겠다'는 생각이 전부였는데, 정작 그 모든 것이 이뤄진 지금 왜 이런 마음이 드는지, 어떻게 해야 하는지를 물었다.

누구나 인생을 살면서 작든 크든 목표를 세우고 열심히 노력한다. 하지만 그 목표를 달성했을 때의 기쁨은 생각보다 오래가지 않는다. 오히려 목표를 향해 매진했던 그 시간과 과정들이 더 새록새록 기억나기 마련이다. 목표를 향한 무수한 노력과 시간이 그 사람을 지탱시켜 왔다고 볼 수 있는 셈이다. 그러다 목표가 없어지면 삶을 지탱시켜 온 끈도 느슨해지면서 자유로워진 삶의 방향을 어떻게 정해야 할지 모르게 된다. 이때 마음을 잘 컨트롤하지 못하면 혼란스러움을 넘어 상실감과 허무감이 찾아오고, 더 심해지면 마음의 병이라고 불리는 우울증에 자신을 내어 줄 수도 있다.

심곡암을 찾아온 그분에게 내가 해 준 답은 지극히 간단했다. 한마디로 '리셋reset'이 필요하다는 것. 익숙해진 일상을 내려놓고, 일만 하던 버릇도 버리고 지난 세월과는 '안녕'하라고, 이제부터는 새로운 인생을 살아 보라고 권유했다. 그리고 열심히 노는 것도 필요하다고 말해 주었다. '누구누구의 엄마'가 아닌 오롯이 자신을 위하는 시간을 가져 보라고 거듭 당부하며 그동안 열심히 살아온 당신은 충분히 그럴 자격이 있으니 주저할 이유가 없다고 격려를 해 주었다.

그 후 한참 소식을 못 듣고 있었는데 암자의 다도회 식구들과 모임을 하는 자리에서 우연히 다시 마주치고는 적지 않게 놀랐다. 다시 만난 것도 반가웠지만, 분명 같은 사람인데 어딘지 모르게 그때와는 달라진 느낌이 들었다. 푸석하고 바스라질 것 같았던 얼굴은 온데간데없고, 생기발랄한 모습에 활기가 넘쳤다. 반가운 마음에 농담 삼아 "십 년은 젊어진 것 같다."고 하자 "요즘 사는 재미가 난다."며 웃는 모습에 나도 같이 웃었다. 굳이 이 얘기 저 얘기 주고받지 않아도 그 말 한마디에 모든 것이 편해진 것처럼 보여 참 다행이다 싶었다.

살면서 가끔 인생의 방향을 잃었다면 한 번씩 '리셋'하는 시간이 필요하다. 대신 이전의 기억을 완전히 백지 상태로 만들지는 말고 꺼내어 볼 수 있게 저장은 해 둬야 한다. 새로운 삶이 제대로 된 방향으로 잘 가고 있는지 확인해 보고 싶은 마음이 들 때 필요할 수 있으니.

태풍 전야

태풍이 상륙한다는 뉴스에 쉽게 잠을 이룰 수가 없다. 이번에는 또 얼마나 위세를 떨칠지 걱정이 태산이다. 심곡암 전각의 허술한 부분이며, 부대시설도 그렇고 여기저기 손볼 데가 자꾸 마음에 걸린다. 대충 방비는 해 놨지만 행여나 싶어 지나가는 바람 소리에도 절로 귀가 기울여진다.

기상청 예보에 의하면 제주도에 진입하는 태풍은 목포에 상륙하여 동쪽으로 북진한 후 중부로 향한다는데, 대략 내일 오전 7시가 기점이 되지 않을까 싶다. 운이 좋아 경로를 급격히 바꾸거나 세력이 약해지기를 내심 기대해 보지만 한낱 바람일 뿐이다.

산중의 바람은 조용한 듯 뒤척이며 숲을 흔들고 있고, 빗소리마저 더해지는 것이 태풍전야임은 분명하지만 아직까지는 괜찮다. 항상 큰일이 닥치기 직전에는 늘 이렇듯 고요한 것처럼 말이다.

돌이켜 보면 우리들의 삶이라고 어찌 이러한 태풍전야가 없겠는가. 인생이 희로애락의 결정체라고 한다면 대부분의 사람들은 태풍 같은 고난도, 그 전야의 고요도 함께 겪기 마련이다. 그렇기에 스스로의 삶이 일순 안온하다고 해서 교만과 방심 속에 빠져서는 안 된다. 자연 현상인 태풍은 예고가 있지만 인생의 태풍은 예고가 없기에 더 조심스럽게 살아야 한다. 그러면서 동시에 고난을 이겨 낼 힘과 끈기를 길러야 한다.

우리들이 극복할 수만 있다면 거친 태풍마저도 결코 나쁘기만 한 것은 아니다. 많은 피해 뒤에 가려져서 그렇지, 미처 우리가 생각하지 못한 긍정적인 결과도 적지 않다. 바닷물을 순환시켜 바다 생태계를 활성화시키기도 하고, 지구상에서 차이 나는 온도의 균형을 맞춰 주기도 한다. 전부 태풍 같은 큰 바람이 아니면 할 수 없는 일이다. 우리 암자도 그간 태풍이 지나고 나면 숲속의 썩은 가지며 묵은 오물들이 일순간 바람에 털리고 폭우에 쓸려 가면서 정리가 됐다. 뜻하지 않게 태풍의 덕을 봤다고 할까. 그럼에도 다음에는 또 어떤 식으로 피해를 입을지 몰라 태풍이 마냥 반갑지는 않다.

인생도 마찬가지 아닐까. 큰 폭풍 같은 시련이 당장은 견디기 힘들 만큼의 고통을 주기도 하지만, 이겨 내고 나면 그 사람의 삶은 더 단단해지기 마련이다. 마음에도 굳은살이 박여 웬만한 생채기에는 끄덕하지 않는 힘이 길러진다. 살면서 태풍 같은 고난을 겪지 않을 수 있다면 더할 나위 없겠지만 그런 행운을 기대하기보다는 맞닥뜨릴 힘을 키우는 편이 좋다.

항상 느끼지만 자연이 우리에게 주는 교훈을 무심히 지나치지 말아야겠다는 생각이 잔바람 속에 스쳐 간다.

울리지 않는 종은
종이 아니다

인생을 살아가면서 많은 이들을 만나게 된다. 저마다 삶에 대한 생각도, 가치도, 추구하는 바도 각각이다. 하지만 삶의 방향은 다르게 가더라도 나와 뜻이 통하는 사람들이 있다. 그분들이 그 뜻을 펼치는 순간들을, 그 과정을 보고 있노라면 깊은 감명과 함께 나를 되돌아보게 된다. 주변의 어느 변호사님이 그런 경우다. 묵묵히 본인의 소신대로 열심히 살고 계시는 모습을 보면 존경스럽기 그지없다.

그분은 항상 어렵고 소외된 이웃을 위한 일에 앞장서고 있다. 홀로 계시는 어르신들과 노숙인들을 위한 무료 상담을 해 주고,

이주민센터를 지원하는 일도 하고 계신다. 적지 않은 나이에도 불구하고 바쁘게 활동하면서 에너지를 쏟아붓는 그분은 개인적인 사리사욕이 아닌 사회 공익을 위해 자신의 능력이 쓰이기를 희망하며 하루하루 최선을 다한다. 이 시대에 꼭 필요한 진정한 어른의 역할을 잘 해내고 계신 분이다.

그분이 몸담고 있는 '변호 봉사단' 시상식이 열린 날, 특별히 축사를 맡아 참석하게 되었다. 시상식에는 변호사님을 닮아 따뜻한 마음을 지닌 분들이 삼삼오오 모여들었다. 후배인 새내기 변호사들도 함께했는데 선배 변호사의 지도에 눈을 반짝이며 귀를 기울이는 모습이 인상 깊게 남았다. 좋은 선배를 두었으니 후배들 또한 때가 되면 그 뜻을 잇지 않을까 하는 기대와 신뢰가 절로 생기는 광경이었다.

요즘처럼 바쁘고 힘든 세상에는 자신을 돌보는 데 급급해 타인을 위한 배려를 외면할 때가 많다. 어려운 이웃의 처지를 알고도 모른 척하기 일쑤다. 행여 자신에게 피해가 올까 싶어 어떤 일에도 아는 척하지 않는 것이 원칙처럼 되어 버렸다. 갈수록 각박한 세상이다. 하지만 시상식에 참여한 분들처럼 여전히 주위의

소외된 분들을 살피는 데 마음을 내는 이들이 있어 아직은 살
만한 세상이구나, 싶었다. 누가 시켜서가 아닌 자발적 의지로 소
외 계층의 어려움을 보듬는 모습 속에서 진정한 '자비'를 엿본
날이었다.

행사를 마치고 함께하는 자리에서 우연찮게 외국 시인 하만스
타인의 시를 듣는 기회가 있었다.

"울리지 않는 종은 종이 아니며
불리지 않는 노래는 노래가 아니며
표현하지 않는 사랑은 사랑이 아니다."

생각은 있어도 실천에 옮기지 못하면 의미가 없다는 뜻이다.
그러니 한번쯤은 마음이 가는 대로 용기를 내보는 결단력이 필
요하다. 누군가에게 나의 역할이 생각보다 큰 의미를 가질 수도
있기에.

계영배의 교훈

    예전에 최인호 작가의 『상도』라는 책을 재미있게 읽은 적이 있다. 조선 후기 거상이었던 실존 인물 임상옥에 대한 내용인데 후에 TV 드라마로 방영되면서 큰 인기를 끌었다. 아직 기억하는 사람들도 많을 것이다. 그때 풋풋했던 드라마의 주인공들이 중년이 될 만큼 세월이 흘러서인지 세세한 내용까지는 아니지만, 몇 가지 기억은 또렷하다. 특히 임상옥의 인생철학 만큼은 요즘 세상에도 다시 한번 되새겨 볼 만하다. 그중에서도 '계영배戒盈杯'에 담긴 의미는 시대를 건너뛰어 현대인들에게도 꼭 필요한 교훈이 아닐까 싶다.

계영배는 술을 가득 채우면 술이 모두 밑으로 흘러 버리는 신기한 잔이다. 따라서 이 술잔으로 술을 마실 때는 반드시 술잔의 칠 할 정도만 채워야 한다. 임상옥은 이 잔을 들면서 항상 지나친 욕심을 경계하고 스스로 만족함을 잊지 않았다. 스승이었던 석숭 스님이 전해준 계영배 정신을 철저히 지켰기에, 단순히 부를 이룬 거상이 아니라 진정한 상도를 이룬 거상이 될 수 있었던 것이다.

예나 지금이나 사람들은 경제적으로 성공한 인물들에 대한 관심이 많다. 그들이 어떻게 부자가 되었는지, 가진 재산이 어느 정도인지 궁금해 한다. 빌 게이츠, 제프 베이조스 같은 세계적인 갑부의 일거수일투족은 연일 세계인의 관심거리다. 그들을 부러워하면서 다들 더 가지고 싶어 하고, 채우고 싶어 한다. 충분히 지녔는데도 만족을 모른다. 하지만 채우는 데에만 관심을 두면 반드시 뒤탈이 나기 마련이다. 인생의 다양한 형태를 보건대, 늘 넘치는 데서 사달이 난다. 자신이 가진 것에 감사하고 적당한 선에서 만족을 찾아야 하는데 그러지 못하다 보니 지나친 욕심이 화를 부르는 것이다. 자신이 가진 복과 역량이 백이라면 그 최대치를 다 쓰지 않고 칠팔 부의 가치만 쓸 줄 아는 미덕이 있을 때 오랫동안 복락을 누릴 수 있다.

주변에도 늘 자신의 생활을 덜어 내어 어렵고 외로운 이들을 위해 귀한 에너지를 나누는 사람들이 있다. 더 채우려 하기보다는 나눌 줄 아는 지혜로 봉사와 후원을 아끼지 않는 그들을 보며 슬며시 나 자신도 되돌아 본다. 계영배 정신은 누구에게나 성숙의 미덕을 가르치고 있다.

진정한 행복의 가치

"행복하고 싶어도 절대 행복할 수 없는 두 부류가 있는데 하나는 정신적 가치를 모르는 사람이고, 다른 하나는 이기주의자입니다."

올해 백두 살을 맞은 김형석 연세대학교 명예 교수의 말이다. 요즘 백 세 시대라고 떠들어 대지만 말이 쉽지, 인간이 백 세를 넘기는 건 정말 어렵다. 더욱이 김형석 교수처럼 건강을 유지한 채로 여전히 자신의 일을 해 나가는 경우는 거의 드물다. 백 세를 '상수上壽'라고 하여 병 없이 하늘이 내려 준 나이라고 하는데, 딱 그런 경우가 아닌가 싶다.

한 세기를 겪는 동안 쌓였을 삶의 내공을 짐작한다면 행복에 대한 그의 명언은 새겨 둘 가치가 있다. 누구는 급변하는 세상과는 거리가 먼 '이상'일 뿐이라고 하지만, 본디 모든 세상사의 진리는 시대와는 별개로 항상 통하는 법이다.

물질적 가치만을 최고라고 여기는 대부분의 사람들은 돈이나 권력만 한 것이 없다고 생각하지만 살다 보면 사람마다 시기가 다를 뿐 그것만이 전부가 아님을 깨닫게 되는 때가 온다. 다만 그때가 너무 늦을수록 삶에서 진정한 행복을 만끽할 수 있는 여유도 짧아지게 된다. 죽음에 이르렀을 때 깨달아야 무슨 소용이 있을까. 후회해도 이미 늦은 것을.

주위에도 많은 재산을 가지고 있지만 늘 불만인 사람과 다소 아쉬운 형편에도 항상 감사하는 마음으로 사는 사람이 있다. 이미 충분히 가졌음에도 지금보다 더 가지고 싶어 하고, 못 가진 것을 욕심내면서 동동거리는 삶은 내가 보기에도 행복과는 거리가 있다. 언제 덮칠지 모르는 파도 같아 불안하다. 하지만 주어진 현실에 감사하면서 작은 것에도 만족하는 사람들의 삶은 보는 이도 편하다. 그들의 잔잔한 삶 자체가 주변까지 평온하게 만든다. "만족을 모르는 사람은 가질수록 목이 마르고 배가 고파서 허기가 진다."는 백 세 노교수의 말처럼, 욕심에는 끝이 없는 법이다. 누군가는 욕심이 발전을 위한 동기 부여가 된다지만, 물질에 대한 지나친 욕심은 사람을 피폐하게 만든다.

또 대부분 물질에 집착하는 사람일수록 이기적인 성향을 지니고 있다. 많은 것을 얻기 위해서는 이기적이어야 하고, 또 그것을 지키기 위해서는 더 이기적이어야 하니 그럴 수밖에 없을 테지만 악순환의 반복일 뿐이다. 본인만을 위하다 보니 주변에 사람이 없다. 남을 배려하지 않는 사람과 진정으로 마음을 나눌 이는 없다.

솔직히 나도 젊은 시절 한때는 종단에서 중책을 맡아 잘 나가는 도반들 같지 못함을 아쉬워 한 적도 있었고, 큰 절 살림을 맡은 도반을 보면서 북한산 구석에 자리한 지금의 암자가 다소 서운하게 느껴질 때도 있었다. 물욕과는 거리가 멀어야 하는 출가자의 신분이지만 마음이 온전히 그리 되지는 않았다. 하지만 지금은 작고 소박한 산속 암자만으로도 더할 나위 없이 만족스럽다. 세상 어디 간들 여기만큼 편한 곳이 없다. 단출한 방이지만 작은 창으로 보이는 풍경도 멋들어지고 무엇보다 너무 크지 않아 청소하기도 수월하다. 사시사철 변하는 북한산 풍경을 배경으로, 절 마당을 턱하니 차지한 너럭바위를 무대 삼아 산꽃 축제를 할 수도 있다. 구불구불 한참을 걸어 내려가야 하는 산길이 있어 저절로 운동도 된다. 요즘 같은 코로나 시대에 인적 드문 호젓한 산길을 걸을 땐 잠시나마 마스크를 벗는 행운을 누릴 수도 있다.

원각사 무료급식소 소임을 맡아 봉사할 수 있는 기회를 가진 것 또한 고마운 일이다. 누군가를 위해서 쓰임이 있는 것만으로도 삶에 대한 아쉬움이 덜하다. 살다 보니 이제는 내 것이 '나'만의 것이 아님도 알고, 무조건 많이 가진다고 행복하지 않다는 것도 안다. 그렇기에 요즘의 삶은 마냥 편안하다. 노교수님의 말씀처럼 그 누구라도 나이와는 상관없이, 그러나 정신만은 늙지 않도록 항상 배우고 공부하며 늘 새롭게 살아야 한다.

봄날 아침

깊이를 알 수 없는 어둠의 긴 잠에서 깨어나
눈 부비며 뜰에 나리면

봄날의 아침 햇살은
진달래 붉은 꽃잎을 몇 떨기
땅에 떨구어 놓은 채
고운 빛 아침을 펼쳐 놓습니다

이 산 녘은 비밀스러운 돌벽을 지나
꿈같이 나타난 도원과 같습니다

비워진 연못 속에
연꽃이 피고
물망초들이 푸르게 펼쳐 있고

아직 새순으로 그 환상을 드러내지 못하는

산 목련들의 합장은

채 해 떠오르기 전의 어둠 속 단꿈과도 같습니다

밥 한술, 온기 한술

ⓒ 원경 2021

초판 1쇄 발행 2021년 12월 27일
초판 2쇄 발행 2022년 1월 21일

지은이 원경
펴낸이 오세룡

편집 전태영 · 유지민 · 안중희 · 박성화 · 손미숙
기획 최은영 · 곽은영 · 김희재 · 진달래
그림 키츠(kits.)
디자인 행복한물고기Happyfish
　　　　고혜정 · 김효선
홍보 · 마케팅 이주하

펴낸곳 담앤북스
주소 서울특별시 종로구 새문안로3길 23 경희궁의 아침 4단지 805호
대표전화 02-765-1250(편집부) 02-765-1251(영업부) **전송** 02-764-1251
전자우편 damnbooks@hanmail.net
출판등록 제300-2011-115호

ISBN 979-11-6201-344-1　03810

정가 15,800원